虹《にじ》

7

北日本新聞社編

虹《にじ》7【もくじ】

1　40歳《さい》で医師になる
元リクルート社員の回り道　……　6

2　認め合える場所を
発達障害児を学習サポート　……　16

3　YouTuber《ユーチューバー》になろう
ネット動画で就労支援《しえん》　……　26

4　人生を締《し》めくくる歌
友の死から生まれたラジオ番組　……　36

5 あいつがいるなら
かつての舞台《ぶたい》のライバルは今 …… 46
6 感謝の気持ちを彫《ほ》る
チェーンソー手にした名スキーヤー …… 56
7 ビールが一生の仕事
氷見《ひみ》の小さな醸造所《じょうぞうしょ》 …… 66
8 五七五に救われる
富山から俳句の聖地へ …… 76
9 祖父母のみそを守る
「北の国から」に背中を押され …… 86
10 ママを孤立《こりつ》させない
減らしたい「子どもの貧困」 …… 96

11 もう一度作りたい
作品を焼失した造形作家 …… 106

12 失敗だって味になる
まちなかの手作り靴《くつ》教室 …… 116

13 家庭の宝物を未来に
5代目表具師の願い …… 126

14 第一人者へダイブ
高さ27メートルへの挑戦《ちょうせん》 …… 136

15 胃がない美魔女《びまじょ》
がんを乗り越《こ》えた笑いじわ …… 146

16 オトナの猫の居場所を
古民家の保護猫カフェ …… 156

17 ブルーベリーで広がる未来
今度は自分が舞台《ぶたい》に立つ …… 166
18 冒険《ぼうけん》はいくつからでも
路地裏の子どものための古本屋 …… 176
19 1人のための料理を
インスタ映《ば》えしない味わい …… 186
20 片隅《かたすみ》を照らす言葉
離島《りとう》で生きる元新聞記者 …… 196
あとがき …… 206

補助輪をはずした日の風

40歳《さい》で医師になる

元リクルート社員の回り道

1

国家試験に合格しても、医師はすぐに独り立ちできない。臨床《りんしょう》研修医として、まずは2年の経験を積む。さまざまな診療科《しんりょうか》で研修を受けながら、幅広《はばひろ》い知識を身に付ける必要がある。２０１９年4月、浦山守《うらやままもる》さんは南砺《なんと》市民病院で医師としての道を歩き始めた。40歳で医師になった。「2度目の成人っていう感じがしますね」と言う。

病院に勤めて2週間ほどして入院患者《かんじゃ》の採血をした。担当した6人の血を採るのに午前中いっぱいかかった。慣れている医師なら1時間で終えられる人数だった。でも、焦《あせ》ることはなかった。「課題があるのは分かっています。だけど、真面目に続ければできるようになるはずだから」。医師になるまでの豊富な社会人経験が自信を与えてくれる。浦山さんはリクルートの営業職だった。

＊

富山市の港町で生まれた。幼少期に横浜《よこはま》に引《ひ》っ越《こ》したので当時の富山の記憶はあまりない。両親は学習塾《じゅく》を自宅で開いた。数学を担当する父は厳しかった。問題が解けるまで、登校時間になっても小学校に行かせてもらえないこともあった。友達が迎えに来てても家から出してもらえない。窓から落とされそうになったこともある。「今の時代なら大問題になりますよね」と笑う。自分を守るために勉強するようになった。参考書も自分で選び、毎日机に向かった。「命が懸《か》かっていましたから」

高校では、「兄が文系だったから」と理系のコースを選んだ。自然科学系の話題を扱《あつか》う講談社のブルーバックスシリーズが愛読書だった。アインシュタインのドキュメンタリー番組を何度も見た。命はどこからやって来るのか。地球はどうして誕生したのか。物事の本質について、じっくり考えるのが好きだった。

高校卒業後は東京大学の理科2類に入った。農学部などに多く進む科類だった。しかし勉学に打ち込《こ》むことはなかった。体育会のボート部に学生生活を費やした。「東大に入ったので、勉強はもういいかなって思っちゃった。これが良くなかった」。15年留年し、5年かかって卒業した。ただ、たくさんの友人はできた。

＊

卒業後は人材・情報サービス大手のリクルートに就職した。入社試験の面接では人事部長とけんかした。「社会を元気にしたい」「世の中のためになりたい」。ポジティブな学生らしい志望動機をPRしたところ、「何か良い子ちゃんみたい。具体性がない」と指摘《してき》された。急所を突《つ》かれた気がして、受け答えは次第に熱気を帯びた。最後には、怒鳴《どな》り合いになったが、そのガッツが気に入られた。

最初に配属されたのは、住宅情報誌の広告を営業する部署だった。当初はなじめなかった。何をするにしても、その理由を考えてしまう。なぜ住宅情報誌が存在するのか。この雑誌に企業《きぎょう》が広告を載《の》せる意味はあるのか。なぜ消費者は70平方メートルのマンションを買って、幸せになれるのか。しかし、いちいち「なぜ？」と考えてしまうと、仕事にならない。同期の仲間がどんどん仕事を覚える中、営業成績は低迷した。ボーナスの査定にも響いた。

それでも2年目になると、少しずつ仕事がうまく回り始めた。良いクライアントにも出会えた。顧客《こきゃく》が必要とするデータを事前にそろえ、期待に応えようとした。相手の要望を超《こ》える提案も積極的に行い、熱意を評価してもらった。社内で表彰《ひょうしょう》も受けた。仕事はうまくさばけるようになったが、空虚《くうきょ》さも感じるようになった。営業の仕事は目先の利益にとらわれることが多い。長期的な関係を築きたいクライアントからも、今季の売り上げのためだけに効果が見込《みこ》めない広告を取らないといけない。自分の仕事がクライアントのためになるのかと疑問視《ぎもんし》するようになった。

子会社への出向を志願し、顧客の課題を解決する方策を考えるコンサルタントに転向した。データを読み解き、分析《ぶんせき》する能力を磨《みが》き、いくつもの会社を渡《わた》り歩いた。浦山さんと同僚《どうりょう》だった藤本隆人《ふじもとたかひと》さん（38）＝東京都多摩市《たまし》＝は「浦山さんは相手から話を聞き出すのがうまかった。相手のちょっとした思いをロジカルな言葉に置き換《か》えて整理するのが上手。それを顧客の懐《ふところ》に飛び込んだ上でやってきたんです」と話す。

取引先や職場からの信頼《しんらい》を得て成果を上げたが、また自身の仕事に疑問を感じ始めた。担当する企業を助けることにどんな意味があるのか。この企業がなくなったとしたら、誰《だれ》がどう困るのか。自分の人生を懸《か》けてやるべき仕事なのか。物事を根本から問い直すのは、相変わらずだった。企業経営に関わるような仕事から関心は離《はな》れていった。望んでいるのはお金もうけでも、大企業を動かすことでもなかった。胸に育っていたのは、企業ではなく、目の前の一人一人が輝《かがや》く手助けをしたいという思いだった。僧侶《そうりょ》、保育士、大工、伝統工芸の職人——。いろいろな候補が頭をよぎった。最も鮮やかに思い浮《う》かんだのは兄、建治《けんじ》さん（45）の顔だった。五つ年上の兄は銀行員を27歳で辞めて大学に入り直し、33歳で医者になった。広島県福山市《ふくやまし》の病院で小児医療《しょうにいりょう》に当たっていた。次の世代を育み、人と地域に貢献《こうけん》する仕事だった。兄に医師になりたいと相談すると、「医学部に入っても、若い人のペースに付いていくのは大変。地道にやっていくほかない」と言われた。当時の浦山さんは30歳になっていた。

勉強時間が確保しやすい仕事を探し、熊本大学の医学部を受験した。暖かい土地で暮らしたい気持ちもあった。しかし医学部受験は難関だ。2回受験したが、失敗した。温暖な熊本には縁《えん》がないのかと、冬の寒さが厳しい郷里に目を向けた。北アルプスを望む富山大学医学部には合格した。30年ぶりにうっすらと思い出が残る富山に移り住んだ。

＊

33歳で再び大学生になった。コンサル時代の多少の貯金と塾講師のアルバイト、家族の援助《えんじょ》などで学生生活を送った。現役で大学に合格した同級生たちとは15歳も離れ、皆《みな》子どもに見えた。ほとんどの同級生は自分のような社会人経験がなく、勉強しかしていなかった。医者を目指して真面目に授業に出ていた。部活動に打ち込み、仲間と語らった自身の学生時代とも大違《おおちが》いだった。「でも仲良くなってみたら、医者を志すだけあってしっかり芯《しん》があるんです。いろいろな人生があるんだと思いました」

学生生活の中で、取り組みたい医療は総合診療ということも見えてきた。総合診療は専門化が進んだ現代医療の中にあって、専門の垣根《かきね》を越《こ》えて病気について考える。組織の構造や社員のモチベーションの高め方、時代を生き抜《ぬ》く営業戦略をトータルで考えるコンサルの仕事とも似ている気がした。

医師の資格を得る国家試験には1度失敗した。合格点に2点だけ足りなかった。難しい問題には正解したのに、基本的な問題を複雑に考えすぎて間違えていた。「僕《ぼく》は時々見通しが甘《あま》いんです」。大学卒業後も試験勉強に1年間を費やし、晴れて合格した。就職先は富山県内外の病院をいくつも比較《ひかく》して、中山間地域にある南砺市民病院を選んだ。介護《かいご》と医療、生活支援を一体的に提供する「地域包括《ほうかつ》ケア」の取り組みが、自分のやりたい医療の方向と重なっている。医療の問題を超えて、過疎《かそ》化と高齢化が進む地域の課題と向かい合っていると思った。

医者になるまでに、7社で営業やコンサルタントとして働いた。遠回りしたことは否めない。「『一所懸命《いっしょけんめい》』とは言えないけど、どこでも『一生懸命』だった。全ての経験が今につながっている」と言い切る。
転職を重ねてきた人生に触《ふ》れ、兄には「ちゃんと続くのか」と心配されているが、「意欲に燃えています。医者は一生勉強。自己研さんは終わらないんです」。思案に暮れてきた新米医師は、親身になって患者に寄《よ》り添《そ》う決意だ。

（2019年5月1日掲載《けいさい》）

大学受験の中で医学部は最難関学部。遠回りして入学する人は少なくない。社会人経験を経て、医師を目指す人もたくさんいる。しかし、浦山さんのように七つもの企業に勤めてから医学部に入る人は珍《めずら》しい。その回り道が無駄《むだ》だったかといえば、そんなことはないだろう。社会人経験で鍛《きた》えた話術や分析力は、医療の現場でも役に立っている。

浦山さんが暮らす富山には、魅力的《みりょくてき》な山が多く、全国の登山好きが足を運ぶ。浦山さんも登山を趣味《しゅみ》にしている。山道で座り込んでいるお年寄りを見掛《みか》けると、声をかけて危険がないか様子を確かめている。さらに山で起きるけがや病気の専門知識を持った「山岳医《さんがくい》」の認定を受けようとしている。遠回りして富山に戻《もど》ってきたからこそ、思い立ったことの一つだ。

2

認め合える場所を
発達障害児を学習サポート

「大学なんかに行ったら嫁《よめ》のもらい手がおらんくなるぞ」

水野《みずの》カオルさん（54）＝射水市《いみずし》＝は高校生の頃《ころ》、親戚《しんせき》から言われた言葉をよく覚えている。その場ではニコニコしていたが、内心では「うるさい」と反発した。今の世の中でも女性は不公平な場面に出合うが、当時はもっとだ。水野さんは自立したいという思いが、人一倍強かった。「自立」は母が繰《く》り返し言ってきた言葉だった。

水野さんは今、発達障害などで生きづらさを感じる子どもたちのため、学習サポートや体験学習を行う団体の代表を務める。子どもたちに願うのは、自分の人生をたくましく生きてもらうことだ。母が自分に口うるさく言ったように。

学習サポートの拠点《きょてん》は県内に5カ所。小学生から中学生までが通う。記憶力《きおくりょく》や理解力のバランスを極端《きょくたん》に欠いていたり、友人とうまく関係が築きにくかったりする子どもたちが通っている。水野さんが大切にするのは子どもたちの個性だ。「〝交渉《こうしょう》〟なんです。ただ命令してもだめ」。一緒《いっしょ》にゲームをしたり、どっちの問題からやりたいか尋《たず》ねたり。指導を受ける子どもたちは、生き生きとしている。

＊

水野さんの七つ離《はな》れた姉は、生まれてすぐにポリオにかかり左半身に重い障害があった。だから、姉の身の回りのことも家事もよく手伝った。買い物に行けば、片手が使えない姉のため、アイスクリームは棒状のものを選んだ。スプーンを使わずに食べられるからだ。てんかんも患《わずら》った姉が、発作で体をぶつけないようにいつも気を配った。水野家では発作を「びっくり」と呼んでいた。「びっくり」は当たり前のことだった。「姉が発作を起こしたら、ああ『びっくり』したんだねって寄り添《そ》う。障害を障害だと思うのは大きくなってからでした」

母の口癖《くちぐせ》は「女も男に頼《たよ》らない人生」だった。水野さんは放課後に友達の家に遊びに行った記憶はあまりない。高校進学後はすぐにアルバイトをした。母が勝手にバイト先として、近所のスーパーに頼み込んでいた。「学校生活で必要な小遣《こづか》いを自分で稼《かせ》げ」ということだった。受験勉強に使う問題集もアルバイト代で買った。水野さんは「女の子扱《あつか》いしてくれなかった」と笑う。

早いうちから高校卒業後の進路は大学の教育学部に定めた。当時の社会状況《じょうきょう》を考えれば、教師は女性が定年まで勤め上げられる数少ない仕事に見えた。県外に進学し、1人暮らしをしたいとも思った。家の手伝いから、解放されたかった。

担任の教諭《きょうゆ》に勧《すす》められたのが、養護学校の教諭を養成する課程だった。「資格がたくさん取れるから就職に有利だ」と言われた。素直に受け入れて受験すると、合格した。1人暮らしをするアパートに、担任の教諭から手紙が届いた。「お母様によろしくお伝えください」と書いてあった。すぐにピンと来た。

「養護学校教諭の養成課程なら、同級生は障害者の家族にきっと理解がある」と、母は考えていた。初めて家を出る娘《むすめ》を孤立《こりつ》させたくなかったのだろう。「知らないところで先生と裏工作していたんですね」

大学の授業はつまらなかった。障害がある姉との生活で体感したことが、堅苦《かたくる》しく四角い言葉で説明された。母の予想と異なり、同級生の障害者への視線は必ずしも優しいものではなかった。当たり前のように差別的なことを言う人がいた。障害者と健常者の間にある溝《みぞ》を感じた。

入学前は家族から距離《きより》を置きたい気持ちが強かったが、やはり離れがたかった。富山で教員になった。そしてすぐに高校時代からの知り合いと結婚《けっこん》した。

＊

ろう学校を経て、養護学校で教えた。養護学校は障害の軽重によらず「ごちゃ混ぜ」だった。小学部には口から食事を取れない子どもたちが多くいた。一方で、高等部には、中学を卒業しても行き場のない軽度の障害がある生徒が目立った。彼《かれ》らが障害の重い子どもと接するうち、精神的に成長する場面を何度も目にした。

射水市内の小学校に異動すると、特別支援《しえん》学級を担任した。休み時間になると、普《ふ》通《つう》学級の児童を招き入れた。普通学級の児童の協力を得て、支援学級を中心としたバザーも企画《きかく》した。「子ども同士って言葉を交わせなくても、そばにいるだけで友達だと思えることがあるんですよ」

重度の障害がある長男を受け持ってもらっていた宮袋季美《みやぶくろとしみ》さん（56）＝射水市＝は「水野先生は文句を言っても真剣《しんけん》に受け止めてくれる。変なおべっかも使わない。障害のこともよく分かっていて、信頼できた」と語る。

教育の仕事にはやりがいを感じていたが、疑問も湧《わ》いてきた。学校は子どもを評価して、成績を決めなければいけない。支援学級の自分の児童に良い成績を付けると「この子は普通学級でも同じ成績を取れるのか」と上司に指摘され、訂正《ていせい》を求められた。水野さんは自分なりの目標を設定して、子どもたちに頑張《がんば》ってもらったという自負があった。また年齢《ねんれい》的に管理職試験の受験を強く求められるようになり、居心地が悪くなった。水野さんは現場にいたかった。「他人の書類を見て、指導するなんていう仕事は自分らしくないと思った」。教師になって21年目。退職した。

＊

胸にあったのは、養護学校や小学校で目にした軽度の障害がある子どもたちのことだった。地域の塾《じゅく》や習い事教室になじめない。友達とも上手に付き合えない。彼らは放課後の居場所がなかった。彼らの多くは発達障害だった。

発達障害は自閉症《じへいしょう》スペクトラム障害や学習障害などの総称《そうしょう》で、生まれつき読み書きや計算が苦手だったり、特定の物事へのこだわりが強かったりした。「福祉《ふくし》」や「医《い》療《りょう》」の網《あみ》からすり抜《ぬ》けやすい存在だった。ぎりぎり社会に適応している人もいれば、そうじゃない人もいる。水野さんは教育課程で切れ目無く、地域で子どもの成長を見守れる場所が必要だと実感していた。

何をするべきか模索《もさく》する中、出会ったのが加藤愛理子《かとうえりこ》さん（64）だった。加藤さんはフリースクールの講師を務め、不登校の子どもたちを支援してきた。知人の紹介《しょうかい》で知り合うと、すぐに意気投合した。お互い障害のある姉妹がいたという境遇《きょうぐう》も距離を縮めた。教育現場では十分な対応がされていない発達障害の子どもについて、問題意識を共有していた。

加藤さんは砺波市《となみし》の自宅で、さまざまな人の居場所となるカフェを開こうとしていた。そこを拠点にして、生きづらさを抱《かか》える若者たち、発達障害のある子どもやその家族を支える活動を一緒にスタートすることにした。

一般《いっぱん》社団法人を立ち上げた。名前は「Ｐｏｎｔｅ《ポンテ》とやま」とした。Ｐｏｎｔｅはイタリア語で「橋」という意味だった。水野さんが「どうせやるならおしゃれな方がいい」と決めた。２人だけの組織だが、加藤さんが水野さんに「代表をやってよ」と持ち掛《か》けると、水野さんは「はい」と即答《そくとう》した。

「富山は『手伝いたい』という人がたくさんいるんだけど、『中心になる』という人はなかなか。気《き》っ風《ぷ》がいいよね」と加藤さん。水野さんは学習サポートや子どもたちの体験活動の企画《きかく》、加藤さんはカフェの運営という役割分担になった。

子どもたちと家族の輪はゆっくり広がっている。この先に思い描《えが》くのは、水野さんの周りに集まる若者たちの仕事をつくりだすこと。行政の補助金に頼らず、社会から必要とされる場所だ。「障害があろうとなかろうと、認め合える場所を増やしたい。そんなに甘《あま》くないと思いますけど」

（2019年6月1日掲載《けいさい》）

「生きづらさ」という言葉をよく耳にするようになった。特に青少年に関わる問題で使われている。水野さんのもとに集まる若者たちも生きづらさを抱えた人たちだ。不登校だったり、高校を中退したまま進路が決まっていなかったり。また発達障害など外見上分かりにくい困難を抱えていたり。社会的に孤立しそうになっている。水野さんによると「賢《かしこ》くて繊細《せんさい》な人たち」が多いという。

水野さんの取り組みは彼らにとっての居場所をつくること。そして社会へ飛び出す準備をしてもらうこと。その一環《いっかん》として、カフェを運営してもらっている。どうやったらコストを抑《おさ》えられるか。売り上げが伸《の》びるか。若者たちが自分で考える。接客は苦手な人が多いが、ちょっとずつたくましくなっている。

3

YouTuberになろう

ネット動画で就労支《し》援《えん》

子猫《こねこ》が眠《ねむ》る様子、おいしいカレーの作り方、有名ロックバンドのライブ。動画投稿《とうこう》サイト「YouTube《ユーチューブ》」では、世界中から新しい映像が毎日アップされる。射水市《いみずし》の住宅街にある木造家屋の和室でも動画が作られている。

制作者は、就労継続《けいぞく》支援B型事業所「ガチョック」のスタッフと利用者。就労継続支援B型事業所は、精神障害などで就労が難しい人に働く機会を提供する。利用者が部品の加工作業や、パンやクッキーの調理を行う施設《しせつ》が多い。しかし、ガチョックでは、テレビゲームの攻略《こうりやく》方法を解説したり、楽しそうにクリアしたりする様子を動画で紹介《しょうかい》している。「作業」の雰囲気《ふんいき》はどこか楽しそう。

視聴《しちょう》者数の目安となるチャンネル登録者数は8000人を超《こ》える。とはいっても、砺波市《となみし》出身の人気YouTuber《ユーチューバー》、はじめしゃちょーさん（26）なら800万人。ケタが違《ちが》う。

「ようやく黒字になったという感じです」と代表の澤田啓輔《さわだけいすけ》さん（33）＝射水市＝

は言う。再生数などに応じた広告収入から、利用者に工賃を払《はら》う。ガチョックでは、全国平均の月額約1万6千円をやや上回っている。「不思議な世の中になりましたね。友達が楽しむ様子を見ている感覚なんでしょうか」。自分が主体となっている事業なのに、澤田さんは首をかしげる。

*

食いっぱぐれなさそう——。澤田さんが福祉《ふくし》の仕事に就こうと思ったのは、そんな理由からだった。大きな志があったわけではない。「取りあえずちゃんとした仕事が得られたらよかった」と言う。軽薄《けいはく》な職業意識は、大学の精神保健福祉士の実習で変わった。患者《かんじゃ》と誠実に向き合う病院のスタッフを「かっこいい」と思った。

ソーシャルワーカーとして精神科病院の関連施設に勤め、県西部の福祉団体に転職した。勤め先では、障害者や生活に困っている人の相談事業を行っていた。ただ、この新しい職場は理想と違った。少なくとも澤田さんの目には、制度やルールに当てはまらない人からは、目を背けているように見えた。

夫から暴力を受けて逃《に》げてきた女性がいても、営業時間外であれば民間のボランティアにそのまま引き継《つ》いだ。明らかに障害を抱《かか》えている人が相談に来ても、障害者手帳が発行されている人でなければ、すぐに福祉サービスを提供できなかった。制度や人員上の限界があり、理屈《りくつ》では理解できる部分もあったが、納得できなかった。やれることは、まだまだあるはずだった。

「いつか偉《えら》くなって中から変える」と意気込むこともあったけれど、硬直化《こうちょくか》した組織を変えるのは難しそうだった。「安定した収入があっても、このままだと死ぬときに満足できない」。退職届を書き、新しいことをしようと決めた。困っている一人一人の助けになる何かをしたかった。

知人の有岡仁志《ありおかひとし》さん（36）＝富山市＝に声を掛《か》けた。かつて同じ施設で働いたことがあった。有岡さんも職場と利用者の関係に満足できなかった。

有岡さんが勤めていた施設では、利用者50人をスタッフ6、7人でサポートしなければいけなかった。作業を手伝ったり、事務仕事をこなしたりしていれば個人と向き合える時間は10分程度。利用者の要望に細かく応じることもできない。例えば、外を散歩したいという人がいても「他の人もいるから」と上司に止められた。「全部組織の論理。困っている人自身ではなく、多数の人の意向や状況《じょうきょう》が優先になってしまう」

2人で話し合って、個々人の悩《なや》みにきちんと向き合える小さな施設を始めることにした。制度からはみ出る人たちも気軽に訪れられる居場所を目指した。孤立《こりつ》している人を支えて、社会との架《か》け橋になりたかった。

制度上、B型事業所にはスタッフがもう1人必要だった。澤田さんが目を付けたのは高校の同級生でゲーム好きの瀬川恭平《せがわきょうへい》さん（33）＝射水市。小学校の教員免許《めんきょ》があり、子ども関係の問題で活躍《かつやく》してくれると期待した。

瀬川さんは教員免許を取ったものの、子どもを枠《わく》にはめがちな公教育に疑問を感じ、別の道に進んでいた。澤田さんが打診《だしん》したタイミングは、ちょうど勤めていたNPO法人との契約《けいやく》が切れた時期だった。「なんか面白そうだった」と瀬川さん。二つ返事で引き受けた。

人口が多い富山と高岡の両市からアクセスが良いことから、施設の場所は射水市に決めた。施設名の「ガチョック」の由来は、ヒマラヤを目指す登山客の多くが滞在《たいざい》するネパールの山村の名前。困難に挑《いど》む前、準備する場所だ。

ある日、澤田さんは「もう僕《ぼく》ら、これで一生お金持ちになれないんだろうね」と他の2人に言った。3人に定収入はもうない。大規模な施設を造る資本もない。澤田さんは車を売った。外食も趣味《しゅみ》の卓球《たっきゅう》もやめた。ただずっと欲しかったギターを買った。「最後のぜいたく」だった。

＊

ガチョックは2018年4月オープンした。前職や知人の縁《えん》で、少ないながら利用者がやって来た。就労継続支援B型事業所として、まずバッグを作った。全く売れなかった。次に「シールド」と呼ばれる楽器のケーブルを作った。一般的《いっぱんてき》なものより安価だったこともあり、バッグよりは売れた。しかし、元々ニッチな商品なので広がりはなかった。

シールドの売り上げでは、利用者への工賃の支払いは難しい。ゲーム好きの利用者から「YouTubeでゲームの実況《じっきょう》をやったらどうか」という提案があった。「ゲーム実況」は、さまざまな動画があふれるYouTubeでも人気のコンテンツだった。ゲーム機なら瀬川さんのものもあり、設備投資に必要な費用も少なく済んだ。

まず人気ゲームを対戦しながら、おしゃべりする映像をアップした。紹介《しょうかい》するゲームも吟味《ぎんみ》した。他の動画の編集のまねもした。試行錯誤《しこうさくご》の末、少しずつガチョックのチャンネル登録者が増えた。「動画投稿《とうこう》に納期はない。だから利用者の話も、しっかり聞ける」と澤田さん。

精神障害の30代男性は18年6月からガチョックに通う。かつては別の施設で段ボール箱を組み立てたり、タオルのしわを伸《の》ばしたりする単純な作業に従事していた。「絶対にガチョックが楽しい。やりがいを感じる」と言う。男性は最近YouTubeに個人のチャンネルも作った。ちょっとしたトークを披露《ひろう》する。「バカにする友達もいるけど、たくさんの人に見て喜んでもらえるかもしれない。夢がある」。人間関係の悩みや将来の不安を澤田さんらが親身になって聞いてくれるのも気に入っている。

心の病気に悩む30代女性もガチョックで動画制作を手伝う。少しでも動画が再生されることに喜びを感じる。社会に飛び出すことにも前向きになり、デイサービスのシーツ交換《こうかん》の仕事も始めた。積極的に動画のアイデアも出すようになった。ここに通う人たちは、ちょっとずつ前に進んでいる。

ガチョックの利用者は毎日3人程度にとどまる。制度上、スタッフの報酬《ほうしゅう》に充《あ》てることができるのは、日々の利用者数に応じて自治体などから支払われる給付金。仮に

ＹｏｕＴｕｂｅの広告収入が伸びても、直接的には関係ない。澤田さんら３人のスタッフの報酬は多くても１カ月に数万円で、まともに暮《く》らせる金額ではない。

「利用者が増えてほしいけれど、笑顔で旅立つ手伝いもしたい。なんか矛盾《むじゅん》していますよね。取りあえずお金は諦《あきら》めてます」。澤田さんの表情は晴れ晴れとしている。

（２０１９年７月１日掲載《けいさい》）

ガチョックに取材に行くのは楽しかった。友達の家に遊びに行くような感覚だった。B型事業所と言うと少し堅いイメージがある。しかし、ガチョックではスタッフや利用者が和室で当たり前のようにテレビゲームをしていた。その様子を眺《なが》めているのは、子どもの頃のようだった。

YouTubeによる広告収入を軸《じく》にしたB型事業所というのは珍《めずら》しい。ガチョックはゲームだけでなく、音楽のチャンネルも開設した。メロディーと歌詞を入力すれば歌声を表現できる「ボーカロイド」を使い、流行のJPOPをアレンジする。利用者が楽譜《がくふ》を参考にしながらデータ入力し、澤田さんらが音楽として整える。チャンネル登録者数は徐々に増えている。

「僕らに才能はない。努力と継続で信頼を勝ち取りたい」と澤田さんは言う。利用者と作り上げる動画の一つ一つが財産だ。

4

人生を締《し》めくくる歌

友の死から生まれたラジオ番組

「人生を締めくくる一曲。最期《さいご》のお別れの時にかけたい一曲。それがラストソング。皆《みな》さまからの思いのこもったラストソングを紹介《しょうかい》します」

毎週日曜日の午前9時45分。FMとやまでは、「ラストソング」と題した番組を放送している。弦《げん》楽器の軽快な音色に載《の》せたナレーションで始まる。番組中では、リスナーが自身の葬儀《そうぎ》で流したい音楽と、その背景を女性パーソナリティーが紹介する。

「人生を締めくくる一曲」は十人十色だ。例えば、松任谷由実《まつとうやゆみ》さんの「ダンデライオン～遅咲《おそざ》きのたんぽぽ」。朝日町《あさひまち》の50代男性が、タンポポの綿毛のように世界旅行をしたいという夢と、自身が明るくこの世を旅立つ姿を重ねた。ある回では、石川県の40代リスナーが吹奏楽《すいそうがく》に青春を捧《ささ》げた思い出から、ジャズのスタンダードとして親しまれる「聖者の行進」をリクエストした。

ラジオには言葉と音楽しかない。テレビとは違《ちが》い、音声だけで伝えるからこそ、聞き手は自然と想像力を膨《ふく》らませる。「ラストソング」を聞く人も、自然と「自分が死んだらどんな音楽をかけよう」と考えるだろう。

番組を企画《きかく》し、制作するのはフリーのラジオディレクターで富山市出身の瀬川憲一《せがわけんいち》さん（50）。スタジオでは自分で書いた台本に基づき、収録の進行を仕切る。タイミングを見計らって音素材を出し、音質を調整する。全ての作業を並行させながら、パーソナリティーにキューを出す。「じゃ、思い切り泣かせてあげてください」

毎回パーソナリティーとして、岩木幸子《いわきさちこ》さん＝富山市＝がマイクの前に座る。「メッセージを寄せてくれた方の人生観を想像しながら、しゃべっています。あと、番組を立ち上げた瀬川さんの思いも。10分足らずの短い番組だけど、どんな話し方をしたら伝わるだろうと、いつも試行錯誤《しこうさくご》です」

瀬川さんは、もともと東京で仕事をしていたが、最近富山に軸足《じくあし》を移した。「ラストソング」は、故郷で青春時代をともにした友人の死がきっかけで作った番組だった。

＊

高校時代はバンドに打ち込《こ》み、ラジオで音楽を聞くのも好きだった。インターネットがない時代の地方は情報が限られていた。FM情報誌を読み込み、かかる音楽を録音する「エアチェック」が日課だった。

進学した東京大でもバンドに熱中した。当時はバブル時代で、就職活動に本腰《ほんごし》を入れなくても何とかなる雰囲気《ふんいき》があった。「ずっとラジオが好きだったな」と、番組制作に関係できる仕事をぼんやり探した。採用試験は、ほとんど普段着《ふだんぎ》で受けた。それが許される大らかな時代だった。

結局就職したのは、開局を控《ひか》えた衛星放送のラジオ局だった。入社早々に音楽専門のチャンネルを丸々任された。しかし、新興局の経営基盤《きばん》は盤石《ばんじゃく》ではない。会社の方針がころころと変わることに嫌気《いやけ》が差し、3年で辞めた。

フリーに転身し、首都圏《けん》でラジオ番組の制作に従事した。仕事の縁《えん》で、テレビ番組に出演したり、映画音楽の制作に携《たずさ》わったりしたこともあったが、結局ラジオ番組から離《はな》れられなかった。「テレビのようにチームが大きくなるほど、無難なものを作ろうとする。ラジオは小所帯だから、自分のやりたいことができる」と言う。

東京での仕事は順調で、家庭もできた。しかし、富山市の実家で1人で暮らす母の体が少し不自由になったことから、介護《かいご》問題を意識するようになった。

思い立ったのが、東京と富山との2拠点《きょてん》で生活を送ることだった。東京の仕事を縮小し、富山で新しい仕事を探そうとした。中年と呼ばれる年齢《ねんれい》になって新しいことに挑戦《ちょうせん》するのは難しい。やはり富山でもラジオ業界に関わろうと思った。

＊

富山での仕事を模索《もさく》していた2018年6月、中学時代からの親友、野村充《のむらみつる》さんが49歳《さい》で亡くなった。脳梗塞《のうこうそく》だった。10代の頃からアマチュアバンドで活躍《かつやく》し、音楽に詳《くわ》しかった。瀬川さんにも、洋楽ロックの名盤を紹介してくれた。まだ知られていない新星の情報を教えてくれた。「出会っていなければ、別の人生になっていたかもしれない」という大切な存在だった。大人になってからも、帰省するたびに会っていた。

野村さんは生前、大病した経験から死を身近に感じていた。自身の葬儀で英バンド、ローリング・ストーンズの「ワイルドホース」を流したがっていた。力強い愛を歌うバラードだった。

友人から野村さんの遺志《いし》を聞いた瀬川さんは、CDショップへ向かい「ワイルドホース」を収めたアルバムを買った。職業柄《がら》、通夜の会場に向かう車中で、新品のCDの状態を聴いて確認した。色気とクセのある歌声が胸に響《ひび》いた。自然と涙《なみだ》がこぼれ、前が見えなくなった。野村さんはミックやキースといったメンバーの名前を愛猫《あいびょう》に付けるほど、ストーンズが好きだったことを思い出した。

遺族にCDを渡《わた》し、野村さんが眠る会場で曲を流してもらった。モニターに映し出される生前の映像ともぴったり合った。出棺《しゅっかん》の際には、一段と大きな音で響いた。

瀬川さんは、野村さんを思って「ラストソング」の企画書を仕上げた。今は生まれる人より、亡くなる人の方が多い時代。人生をどう終えるか考える人が増えているのは自然なこと。音楽を身近に感じてきた人も少なくない。人生の終幕を飾《かざ》るべき音楽が心にあるはずだった。

縁があって、当時のFMとやまの社長を務めていた小山孝義《こやまたかよし》さん（66）＝高岡市＝にプレゼンする機会を得た。提案した企画の一つに「ラストソング」があった。小山さんは「ラジオでしかできない企画だった。ちょうど外部の人の力を借りて、会社を活性化したいと思っていたタイミング。いい発想があったら実行するだけでした」と振《ふ》り返る。幸い、企画に理解を示すスポンサーもすぐに見つかった。19年4月に放送が始まった。

＊

野村さんの一周忌《いっしゅうき》を迎《むか》えた頃、野村さんの友人から「ワイルドホース」をリクエストするメッセージが番組に届いた。「もうすぐ1年。ラジオを通して友人にこの曲を捧げたいです」と綴《つづ》られていた。パーソナリティーが優しい声で読み上げた。

野村さんの妻、祥子《しょうこ》さん（47）は夫の法要のため、親戚《しんせき》や家族と車で寺に向かっていた。カーラジオを付けると、たまたま番組が流れていた。車内の全員が無言で聞き入った。紹介されたメッセージに野村さんの名前などは含《ふく》まれていなかったが、明らかに夫のことを思った言葉と音楽だった。祥子さんは夫と暮らした日々と、夫がいなくなってからの1年間が目に浮《う》かんだ。

その夜、瀬川さんの携帯《けいたい》電話に祥子さんからメッセージが届いた。「良い番組ですね。お義母《かあ》さんもラストソング考えていました」と書かれていた。

＊

仕事ぶりが評価され、最近の瀬川さんは忙しい。ＦＭとやま内で、いろいろな仕事を頼まれるようになった。「富山で仕事があるのだろうか」と不安に思っていたが、何とかなりそうだ。

番組のため、他人のラストソングについてやたらと尋ねているが、いざ自分のこととなると決められない。「好きな音楽がたくさんあるから、いつも変わっちゃうんですよね」と笑う。スタジオで機材の前に座りながら、時折ぼんやりと考えている。

（2019年8月1日掲載《けいさい》）

ジャストシステムの調査によると、新型コロナウイルスの感染拡大以降、ラジオを聴《き》く機会が増えたという人は35・9％。減ったという人は3・6％。ラジオの魅力《みりょく》が見直されている。「ながら聴き」でも楽しめるため、リモートワークと相性《あいしょう》がいいからだろう。ラジオ配信サービス「radiko《ラジコ》」の普及《ふきゅう》も大きい。

確かになじみのラジオパーソナリティーの声を聴くと安心する。1人でいても、1人じゃない気がする。運転中に最近聴いていなかった思い出の曲がたまたま流れてくる瞬《しゅん》間《かん》も気持ちいい。

瀬川さんはFMとやまが毎週金曜日に放送する「URBAN《アーバン》 COLORS《カラーズ》」も担当するようになった。音楽好きの瀬川さんらしい渋《しぶ》い選曲が光る番組だ。相変わらず、自身のラストソングは決めかねている。

5

あいつがいるなら

かつての舞台《ぶたい》のライバルは今

下町の雰囲気《ふんいき》を残す住宅街は、東京であっても人通りがまばらだ。落ち着いた街並みに4階建ての賃貸マンションは溶け込《こ》んでいる。その地階にある劇場に、若い男女がぽつりぽつりと集まる。翌日に始まる演劇コンクールに向け、詰《つ》めの稽古《けいこ》を行う出演者たちだった。

本番直前といっても、ピリピリした空気はない。「あれ、ノートパソコンない」。演出を担当する得地弘基《とくちこうき》さんが首をかしげる。「さっきのジョナサンじゃないの？」と戯曲《ぎきょく》を執筆《しっぴつ》した綾門優季《あやとゆうき》さんが尋《たず》ねる。ジョナサンは、2人が稽古直前までいた駅前のファミレスだ。

得地さんは高岡市、綾門さんは南砺市《なんとし》出身。ともに1991年生まれの27歳《さい》。別の学校だが、高校から付き合いが続いている。

得地さんはパソコンを見つけて戻《もど》って来ると「じゃ、やりますか」と椅子《いす》に座《すわ》る。役者のせりふのタイミングや声のトーンに細かく指示を出す。普段《ふだん》は早口でよくしゃべる綾門さんが黙《だま》って見守る。「だって演出が得地君なのに、僕《ぼく》がどうこう言い続けるのはおかしいでしょう」と笑う。

上演作のタイトルは「蹂躙《じゆうりん》を蹂躙」。幼い頃に誘拐《ゆうかい》された男性の物語だ。事件の影響で分裂《ぶんれつ》した複数の人格による突拍子《とつぴようし》もない言葉のやりとりが繰《く》り広げられる。具体的な状況が説明されることはなく、舞台《ぶたい》上で何が起きているかを把握《はあく》するのは難しい。不思議なおかしみと不穏《ふおん》さが終始にじむ。

「綾門の独特の文体を生かし、伝えたくても伝えられないもどかしさを感じてもらえたら。観客には『なぜこんなに分からないのか』と不安になってもらうのが一つの狙《ねら》いです」と得地さん。劇中では、誘拐の被害に遭《あ》った男性がすれ違《ちが》う群衆を小さなアヒルのおもちゃに置き換《か》えた。おもちゃを握《にぎ》れば悲鳴のような音が鳴る。緊張感《きんちようかん》とユーモアを溶《と》け合わせる演出が想像力を刺激《しげき》する。

得地さんは「お布団《ふとん》」という自身の劇団を主宰《しゆさい》し、シェイクスピアやプラトンなどの古典を大胆《だいたん》に解釈《かいしゃく》して上演する。綾門さんは「キュイ」を旗揚《はたあ》げし、詩的で濃密《のうみつ》な文体のせりふで構成する戯曲を書く。100席程度の小劇場で活動する一方で、それぞれ知名度が高い劇団の演出部に所属する。演劇メディアや批評家にも注目される若手だ。普段は別々に活動しながら、タッグを組んで舞台をつくることも多い。

若手の演劇に詳《くわ》しい批評家の佐々木敦《ささきあつし》さんも2人を評価している。「綾門君が社会と向かい合おうとするのに対し、得地君は『演劇とは何か』という原理的な方向にいこうとする。その2人が一緒《いっしょ》にやると、化学反応がある。何より信頼《しんらい》に足るのは演劇を辞めずに続けてくれそうなこと」と言う。

＊

2人は高校で演劇人生のスタートを切った。高校演劇に打ち込む男子の数は女子に比べれば少ない。大会やワークショップなどで、お互《たが》いの存在を自然と認識した。脚《きゃく》本《ほん》を書き、演出を手掛《てが》けていた得地さんは、綾門さんにとって気になる存在だった。

ライバル校の多くが「等身大」の高校生活を描《えが》く作品を発表するのに対し、得地さんが手掛けた作品はアニメや漫画《まんが》などサブカルチャーの要素をふんだんに取り込んだ個性的なものだった。大人が子どもに期待する「高校生らしさ」が好まれたのか、得地さんの作風は富山の審査員《しんさいん》には受けることがなく、県大会を勝ち抜《ぬ》くことはなかった。「でも、全国で勝つのは得地君みたいな作品なんですけどね」と綾門さんは惜《お》しむ。

一方で、かつての綾門さんは演出と俳優を担当していたが、目立つ存在ではなかったという。「僕は身長も小さいし、華《はな》がある顔でもなかった」と振《ふ》り返る。得地さんは「よくしゃべる変なやつがいるな」と思っていた。

2人は文章を読むのも書くのも好きだった。創作に関われることから、共に志望大学の一つを日本大芸術学部の劇作コースに定めた。「日芸《にちげい》」の略称《りゃくしょう》で知られる学部は映画や舞台にたくさんの才能を輩出《はいしゅつ》しているが、周りに志望する人はほとんどいなかった。心細い時には、電話で進路を相談した。入試で書くことになる小説を添削《てんさく》し合った。

＊

得地さんも綾門さんも日芸に晴れて合格した。同郷で高校からの顔見知り。慣れない東京生活なら仲良くなりそうなもの。しかし、休日に一緒に出掛《でか》けることも、授業を並んで受けることもなかった。互いをライバル視していた。

授業でそれぞれの戯曲の優劣《ゆうれつ》を無記名投票で決めることになれば、首位を争った。教室公演では、演技コースの学生を奪《うば》い合った。意中の俳優志望の学生に声を掛けると「ごめんね。得地君の方に出るから」「綾門君の方が面白そうかな」と言われる。見えない火花を散らすのも無理はなかった。

2年ほどして、張り詰めた関係に変化が生じる。これまで「作・演出」の両方を手掛けていた2人だったが、綾門さんが「作」、得地さんが「演出」に専念するようになった。綾門さんは演出以上に自分で書く戯曲に自信があった。得地さんは「自分で書いちゃうとそれだけで世界が完結してしまう」と戯曲作りへの関心が薄《うす》れていた。

2人とも「作・演出」であれば、役割が重複してしまうが、分担すれば協力できる。最初に連携《れんけい》したのは、2012年に互いの劇団の共同制作という形で発表した「止まらない子供たちが轢《ひ》かれてゆく」という学級崩壊《ほうかい》を題材にした作品だった。2人が手を握《にぎ》り合ったこの作品は、若手劇作家の登竜門《とうりゅうもん》となる「せんだい短編戯曲賞」を受賞した。得地さんは「綾門君の戯曲は独特のキャラクター性の強い文体がある。生活を感じさせない劇的な感じも好き」と褒《ほ》める。

＊

演劇をずっと続けることは難しい。経済的事情で辞める人は少なくない。文学や絵画など他ジャンルの表現活動と比べても、他の人との協力が欠かせず、場所や時間の制約が大きい。幕が上がるまでの苦労話は尽《つ》きない。「いばらの道」と呼ぶ人もいる。

大学3年になると、就職するか、演劇に専念するのかという問題に直面する。2人は就職をせずに、演劇の道を選ぶことにする。当時はリーマンショックの影響《えいきょう》が残る経済状況だった。生半可な気持ちで臨《のぞ》んでも、内定を得ることは難しいと思った。同級生の中にも就職活動に専念すると言いながら、失敗する人もいた。

しかし、名の知れた劇団に所属できたことが2人の背中を押《お》した。2人が入った劇団であれば、公演の動員に応じたギャラがもらえる。ただ一般的《いっぱんてき》なアルバイトのように毎月決まった日に振《ふ》り込まれるわけではない。公演が近づけば、一日の大半を稽古に費やさないといけないため、アルバイトをするにしても理解のある職場を見つけないといけない。

「いざという時のお金を手元に残したいから、公共料金を自動引き落としにできないんですよね」と得地さんは苦笑いする。生活は一向に楽にならない。ただちょっとずつ観客が増えていくことに手応えを感じている。綾門さんも戯曲賞の受賞を重ね、劇評の仕事の依頼《いらい》も増えた。「ここまでやってこられたのが奇跡《きせき》。だから続けるほかないのかな」と話す。

互いが演劇を続けていることは、得地さんと綾門さんにとって心強い。高校、大学、プロと三つの時期を通じて知っている演劇関係者はお互い以外にはいない。信頼も、共有した経験もある。得地さんは「しんどい時に『あいつもやってるのか』と思えるのは悪いことじゃない」と笑う。

2人が東京に出てもうすぐ10年になる。

（2019年9月1日掲載《けいさい》）

さまざまな芸術ジャンルの中で、新型コロナウイルス感染拡大の影響を最も受けたのは演劇だろう。上演するには、複数の生身の人間が稽古を何度も重ねないといけない。作品を楽しんでもらうには、観客に集まってもらう必要がある。どうしても感染リスクはあるし、実際にクラスターが発生した劇団や劇場がある。結局、たくさんの作品が公開延期や中止に追い込まれた。先行きが見えない状況《じょうきょう》の中で、演劇から離《はな》れてしまう人もいる。コロナが演劇史に残した爪《つめ》あとは深く、暗い。

綾門さんと得地さんがタッグを組んだ公演も2020年12月に予定されていたが、中止になった。それでも何らかの形で作品を世に出せないか模索《もさく》中とのこと。一日でも早くコロナ禍《か》が収束することを願うばかりだ。

6

感謝の気持ちを彫《ほ》る

チェーンソー手にした名スキーヤー

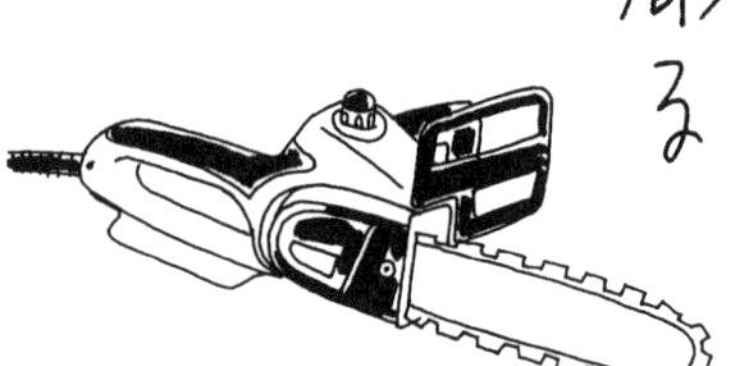

秋晴れの山里にチェーンソーのモーター音が響《ひび》く。直径70センチの太いスギの丸太があっという間に削《けず》られ、クマの輪郭《りんかく》にかたどられていく。足は短く、首を少しひねっている。どう猛《もう》なクマではない。ディズニー映画にでも出てきそうな、丸っこくて愛らしい雰囲気《ふんいき》だ。

チェーンソーを手にするのは、山中茂《やまなかしげる》さん（68）。「リアルにやろうとすると、表情がなくなってしまうんだよね。僕《ぼく》は漫画《まんが》チックなものが好き。せっかくレベルが高くないんだから、自分らしくやれたらいいんですよ」と話す。

富山市粟巣野《あわすの》の集落を歩くと、それぞれ家の前には山中さんの作った彫刻《ちょうこく》がある。犬やリス、フクロウ、手を振《ふ》るクマ、寝《ね》そべるクマ、棒立ちのクマ。つぶらな瞳《ひとみ》の動物たちはやはりかわいらしい。

カレーが名物の喫茶店《きっさてん》「プモ・リ」の前には、笠《かさ》をかぶったクマが立っている。店を家族と営む本庄恵子《ほんじょうけいこ》さん（64）は「自分も欲しいって言うお客さんがたくさんいるんですよ。すっかり店の顔になってくれました」と話す。

山中さんが粟巣野で暮らしてから35年ほど経《た》つ。ここ数年、真夏と真冬以外は必ずチェーンソーを握《にぎ》る。青空の下で作る彫刻は売り物ではない。世話になった人や地域の人に贈《おく》っている。「粟巣野に恩返ししたいんですよ。よそ者だった僕を受け入れ、助けてくれた」

＊

札幌市《さっぽろし》出身のスキー選手だった。日本体育大スキー部の主将を務め、全日本学生1部ダウンヒル競技で優勝するなど全国大会で入賞を重ねる名選手だった。富山で暮らし始めたのは、北陸初の冬季国体となる1976年の「おおやま国体」がきっかけ。富山県勢の競技力を向上させ、地元大会を盛り上げるための移入選手として、県から誘《さそ》われた。富山とは、大学時代に合宿した程度の縁《えん》しかない。雄山《おやま》高校の教員になったが、当初はおおやま国体終了後には、北海道に戻《もど》ろうと思っていた。

しかし、気が変わった。自身がアルペンスキー大回転成年男子教員の部で優勝し「自分の役割は果たせた」という達成感があった。それ以上に大きかったのが、当時高校2年だった高尾昭寿《たかおあきひさ》さん（60）の活躍《かつやく》だった。高尾さんは「山中さんは大学を出たばかりで熱血漢だった。アルペンの選手は僕だけだったから、いつもマンツーマンのトレーニングでしごかれた」と振り返る。

厳しい指導は実を結んだ。高尾さんは少年男子の部で準優勝した。高尾さんと山中さんは関係者に盛大に祝福された。生まれ育った北海道では、スキー選手が国体で優勝するのは当たり前だった。でも、富山では2位でも感激してくれた。山中さんは「こんなに喜んでもらえるなら、北海道ではなく、富山でスキーを教える意味はあるんじゃないか」と思った。

1980年代半ば。立山町《たてやままち》の借家から、粟巣野に移り住んだ。スキー場から近い上に豊かな自然が気に入った。「やっぱり人間は土の上に住んだ方がいいですよ」と山中さん。粟巣野は戦後、県が入植を進めた開拓地《かいたくち》だった。富山だけでなく、全国から移住した人が多かった。古い慣習も、面倒《めんどう》な決まりもない。よそから来た人を気取らずに温かく受け入れる土壌《どじょう》があった。

粟巣野は富山でも有数の豪雪《ごうせつ》地帯だった。生まれ育った北海道の雪とも違う。「札幌の雪はほうきで掃《は》けるくらい軽いから、除雪なんてしなくていい。富山の雪は重い。屋根から落ちた雪なんて硬《かた》くて大変」

自前の小さな除雪機では歯が立たないほど雪が降れば、近所の人が大きく、馬力がある機械を貸してくれた。妻を残して遠征《えんせい》すれば、家の前がきれいに除雪されていた。畑の作り方も教えてもらった。「平日は一日中いなくて、土日は部活動でしょう。だから集落に迷惑《めいわく》掛《か》けてばかり。でも、みんな『気にしないでやってくれ』ってスキーを応援《おうえん》してくれたんですよ」

＊

国体には14回出場し、11回入賞した。連覇《れんぱ》も果たした。91年の「にいがた魚沼《うおぬま》国体」で選手を引退した。40歳《さい》の節目という大会で、7位になった。「本当はきりのいい10回の入賞で引退するつもりだったんですよ。でも、数え忘れている大会があった」と笑う。

指導力を買われ、全日本ジュニアチームのヘッドコーチなどを歴任した。2006年のトリノ五輪でアルペンスキーの日本代表チームの監督《かんとく》も務めた。「僕にはその重責を担うような実力はなかった。ただの巡《めぐ》り合わせです」と言う。60歳で教員生活を退いた。再任用の話もあったが、断った。「もうずっと家を空けっぱなしにするような生活だったからね。年金の範囲内でできるだけの生活をすればいいんだから」。週に1回小学生を指導したり、テニスをしたりという現役《げんえき》時代とは異なるゆったりとした時間の流れの中で、チェーンソーアートと出合った。

＊

13年春に立山山麓《たてやまさんろく》スキー場であったイベントで、チェーンソーアートの実演コーナーがあった。妻の和子《かずこ》さん（68）が「お父さんが好きそうなのやっているわよ」と教えてくれた。何となく向かってみてみると、夢中になった。防護用のネットにへばりつくように見入った。作家がチェーンソーで、あっという間に動物の彫刻を仕上げていく。山中さんはもともと休日には、ベンチやテーブルを自作していた。手を動かすことが好きだった。デモンストレーションが終わると、汗《あせ》だくの作家に尋《たず》ねた。「どんなチェーンソー使っているの？」「材料は何？」。細かく質問を重ねる山中さんは、逆に問い掛けられた。「もしかして先生ですか」。さっきまでチェーンソーを握っていたのは、中高とスキーを指導した中村彰一朗《なかむらしょういちろう》さん（50）だった。

中村さんはプロのチェーンソーアーティストとして、自身の工房《こうぼう》を立山町に構えていた。弟子は取らない主義だったが、興味津々《しんしん》の山中さんが懐《なつ》かしかった。「先生、一緒《いっしょ》に遊んでみませんか」と誘った。

手先が器用だった山中さんは、最初から筋が良かった。チェーンソーを初めて持つと、どうしても恐怖心《きょうふしん》が出るものだが、山中さんは、ただただ楽しんでいた。最初に一緒に作ったのはフクロウだった。丸い顔と体つきは、初心者にも表現しやすかった。

「一緒にスキーをやっていた時の先生は怖かったけど、作るものは可愛《かわい》げがあるんですよね。あれが本当の顔なんでしょうね」と中村さん。

山中さんはチェーンソーアートにのめり込んだ。材料を提供してくれた近所の人に、お礼にクマを彫った。それを見て「うちにも作って」と言う人が相次いだ。好みを尋《たず》ね、リスでも犬でも作った。ホテルや公民館の前にも置いた。4年かけて、約30軒《けん》の粟巣野の全戸に配った。同じクマでも、チェーンソーで作ったものは顔付きも毛並みの表情も違う。その家だけの顔になっている。「みんな喜んでくれるんですよ。内心では、迷惑なのかもしれないけど。でも、かわいがってもらっているみたい」と笑う。

山中さんのチェーンソーアートは終わらない。スキー関係者や山小屋などの依頼《いらい》を受け、まだまだ作る。もう１００体以上を送り出した。最近、粟巣野に移住してきた人にも「何か欲しいのがあったら作るからね」と声を掛ける。かつての自分が歓迎《かんげい》されたように、新しい人たちを出迎《でむか》えたい。愛らしい彫刻を携《たずさ》えて。

（２０１９年10月１日掲載《けいさい》）

チェーンソーアートというと、モーターの悲鳴のような音と舞《ま》い上がる木くずのせいか、ダイナミックで荒々《あらあら》しい印象がある。でも、野外イベントなどで出来上がる過程を眺《なが》めていると、ただの丸太がふさふさの毛並みを細密に再現した動物に変化していく。爆音《ばくおん》と作品のギャップに驚《おどろ》かされる。

山中さんの作る動物はかわいい。愛嬌《あいきょう》がある。山中さんは「レベルが高くない」と謙遜《けんそん》するけれど、独特の味わいがある。本人の明るい人柄《ひとがら》を感じさせる。

山中さんは最近、油絵を始めた。季節ごとのスキー場の姿をキャンバスに描《えが》いている。さらに夏はテニス、冬はスキーを楽しんでいる。人生を味わう達人という感じ。山中さんと会うと、「こういう生き方もあるのか」とうらやましくなる。

7

ビールが一生の仕事

氷見《ひみ》の小さな醸造所《じょうぞうしょ》

氷見の市街地を流れる湊川《みなとがわ》。河口近くに白い建物がある。ビールの醸造所とカフェを併設《へいせつ》した「Beer《ビ ア》 Cafe《カフェ》 ブルーミン」だ。2018年にオープンしたばかりだが、ビールファンに愛されている。毎月必ず通うという、近所の岡田幸生《おかだゆきお》さん(57)は「ブルーミンのビールは楽しいんですよ。果敢《かかん》に挑戦《ちょうせん》している」と魅力《みりょく》を語る。

〝楽しいビール〟はいつもメニューに4、5種類並《なら》ぶ。氷見産カタクチイワシの煮干《にぼ》し、地元で有名なカレー店が選んだスパイス、富山市の人気カフェが焙煎《ばいせん》したコーヒー。氷見や富山ゆかりの材料を用いたビールが目立つ。ビールを造るオーナーの山本悠貴《やまもとゆうき》さん(31)は「この場所で造って、この場所で売る理由のあるものを飲んでもらいたい」と言う。最近、煮干しのビールが国際的なビール審査会《しんさかい》で銅賞を受賞した。「大きな賞ではないけど、氷見ならではのビールが評価されたのはうれしかったです」

「ブルーミン」という店名は、ビールを醸造するという意味の「ブリュー」と、花が咲《さ》くことを意味する「ブルーム」を掛《か》け合わせた造語だ。「いろいろなビールがあって、いろいろな楽しみ方があるというイメージを重ねました」と明かす。

1回の仕込《しこ》みで造れるビールは150リットルで、富山のクラフトビールの醸造所としては最小規模だ。

「まずはここからです」

＊

大学でマーケティングを学び、東京のIT企業《きぎょう》に就職した。ソフトウェアが意図した通りに動くか確認し、品質を担保する仕事を任された。IT業界を志したのは「これからも伸《の》びそう」という打算からだった。故郷に帰りたい気持ちもあったが、故郷でやりたい仕事は思い付かなかった。「関東の友達がうらやましかった。何も悩《なや》まず、実家から近い東京の企業に行けばいいんだから」

大阪の支社に配属され、それなりに仕事をこなしていたが、どこか身が入らなかった。理系出身の同僚《どうりょう》は休日もIT関係の勉強会に自主的に参加していた。文系出身の山本さんは仕事について「業務」という意識をぬぐえなかった。ちょっとずつ知識に差が付いていくのを感じた。「一生やっていくのは無理かも」と思うようになった。

転職を意識し始めた。待遇《たいぐう》や給料のためではなく、やりがいが欲しかった。お酒が好きだったので「中途採用でビールの営業職でもあったら」と思っていた。

＊

休日に友人が都内の「ブリューパブ」に誘《さそ》ってくれた。店内にビール醸造所があるカフェやレストランのことで、欧米《おうべい》では浸透《しんとう》していた。木調の店内に、大きな銀色のタンクや機械が鎮座《ちんざ》する光景が新鮮《しんせん》だった。店内で出来たてのビールが飲めた。ビールの色も香りも多様なことに驚《おどろ》いた。それ以上に「ビールは大きな工場でなくても造れるのか」と感心した。

何度か通ううちに、この店を運営する会社で働きたいと思った。親しみやすい店の雰囲気《ふんいき》が気に入った。何よりもビールを造ってみたかった。何の確信もなかったが、一生の仕事になるような気がした。「まちのパン屋のようなビール屋」をつくりたいという会社の理念にも共感した。ちょっとした都市なら、その地域ならではのパン屋がある。パンと同じように小麦を原料にするビールも、ブリューパブで親しんでもらいたいという理屈《りくつ》だ。会社はこれから店を増やすタイミングだった。職人が造るクラフトビールという文化を広めることにもなる。

しかし、社員募集《ぼしゅう》はしていない様子だった。この店を運営する社長宛《あて》に手紙を書いた。「『飲む』のが大好きな私ですが、初めてビールを『造る』という価値観に出合いました。どんなにつらく苦しいことにも負けずにやり通す覚悟《かくご》です」としたためた。

社長から「会ってみないか」と電話があった。手書きの手紙まで送ってきた入社志願者は、山本さんが初めてだったらしい。まずはアルバイトとして雇《やと》ってもらうことになった。

新天地ではやる気に満ちていた。新しいフードメニューや、効率的な店の運営のあり方など、積極的に提案した。熱心な仕事ぶりが認められ、正社員として新店のオープンを任された。ビールの醸造法は先輩《せんぱい》社員から教わった。「理屈を聞くんじゃなくて全てをコピーしろ」と指導は厳しかった。最初に造った自分のビールの味は覚えていない。緊張《きんちょう》で忘れてしまった。

ビール造りはやりがいがあった。麦芽《ばくが》と副原料の組み合わせで味がどんどん変わる。客に自分のビールを飲んでもらえるのもうれしかった。仕事に手応えを感じる中、店の客だった梢《こずえ》さん（33）と結婚《けっこん》し、子どもができた。

梢さんは秋田出身。待機児童問題がある東京での育児は大変だ。しかも、夫婦両方が地方出身で、共働きをしようと思えばなおさらだった。山本さんはビール造りに慣れ、店の運営もうまくいっていた。「一生の仕事」と思っていたが、家族も守らなければいけない。東京での暮らしをたたむ苦渋《くじゅう》の決断をした。仕事のあてはないが、夫婦どちらかの故郷にＵターンすることにした。安定した就職先を探そうとしたが、梢さんに止められた。「今までやっていたことが無駄《むだ》になる。ビールを造ったら」。妻の言葉で腹を決めた。自分のブリューパブを開くことにした。

＊

妻が育った秋田でも良かったが、とりあえず富山県内の自治体が参加するUターンフェアに行った。観光パンフレットのような説明をする自治体もある中で、起業を志す山本さんに最も熱心に応対してくれたのが地元の氷見だった。

空き家ツアーに参加し、民家として使われていた3階建ての建物を見つけた。海が見えるのが気に入った。元手となる資金はほとんどなかった。壁《かべ》を塗《ぬ》り直したり、カウンターテーブルを作ったりというリフォーム作業をできる範囲《はんい》でやった。

準備するうちに氷見というまちを見直した。10代の頃は自分で車を運転できず、行動範囲は限られていた。地元のことはほとんど知らなかった。大学進学で上京するまで、何もない場所に見えていた。帰ってきてみると、飲食店のレベルは高く、商店街で良い雰囲気のイベントもやっていた。人口が多い富山市じゃなくても、なんとかなる気がした。そもそも人口だけで選ぶなら、東京でやればいい。「前の会社で教わったんですよ。『そろばんを弾《はじ》いてから夢を見るんじゃなくて、夢を見てからそろばんを弾け』って。故郷の氷見で店を開くことにワクワクしました」

新しい店なので注目を集めるが、決して経営は楽ではない。それでもクラフトビールファンは全国各地にいる。ブルーミンのためだけに氷見に来てくれる人がいる。イベントにも出店し、ちょっとずつファンも増えてきた。バーテンダーの経験がある弟の尚弥《なおや》さん（28）もスタッフに加わった。ブルーミンの前はポップコーン店の店長を務めていたが、「こっちの方がお客さんと直接関われて楽しいんですよ」と言う。

山本さんは既《すで》に20種類以上のビールを開発した。定番メニューの味も磨《みが》き続ける。量り売りも始めた。ビールの間口を深く、大きく広げる。

Uターンフェアや自治体のイベントにも協力する。マイクを握《にぎ》って、氷見の魅力《みりょく》と自身の来《き》し方を語る。会場に高校生や大学生のような若者がいれば、熱中できることを探し、仕事にすることを勧《すす》める。「氷見の人口が増えたら、ビールを飲んでくれる人も増える。これも打算ですかね」と笑う。

自分が造ったビールでまちに関わっていく。

（2019年11月1日掲載《けいさい》）

ブルーミンには勢いがある。2020年7月にオープンした商業施設《しせつ》「SOGAWA《ソウガワ》BASE《ベース》」に「BREWMIN'《ブルーミン》総曲輪《そうがわ》」を出店した。これまでは氷見でしか飲めなかった〝楽しいビール〟が富山のまちなかでも味わえる。

氷見市で生まれ育った山本さんにとって、富山市は遠い街だった。しかし、中心部で開かれるさまざまなイベントなどに出店する機会が増え、山本さんは「好きな店、好きな人ができた」と言う。富山市も近しい存在になった。新店舗ではブルーミンだけでなく、交流のある醸造所のクラフトビールも扱《あつか》っている。ビールファンによると、かなりお得な価格設定とのこと。

21年中には氷見市内で醸造所を拡大し、供給量をさらに増やす。味も磨き、コンテストにも出品を続ける。

8

五七五に救われる

富山から俳句の聖地へ

正岡子規《まさおかしき》に高浜虚子《たかはまきょし》、夏目漱石《なつめそうせき》……。偉大《いだい》な俳人とゆかりが深い愛媛県松山市《えひめけんまつやまし》は、俳句の聖地と呼ばれている。毎年夏には「俳句甲子園《こうしえん》」と呼ばれるコンクールがあり、高校生が青春を凝縮《ぎょうしゅく》した俳句を競い合う。そのまま生涯《しょうがい》の趣味《しゅみ》とする人も少なくない。五七五の韻律《いんりつ》が生活に根付いている場所だ。この街で富山市出身の俳人、岡田一実《おかだかずみ》さん（43）は夫と暮らしている。

「ここには句会がたくさんあります。選ぶのに困るくらい」と言う。最近、自身も拠点《きょてん》を定めて定期的に吟行会《ぎんこうかい》を開く。仲間と同じ風景や植物を眺《なが》め、俳句を詠《よ》む。松山の俳人、栗田樗堂《くりたちょどう》が隠居《いんきょ》して俳諧《はいかい》を楽しんだ庭園、庚申庵《こうしんあん》も拠点の一つだ。フジの名所として知られる庭で、季節の移り変わりを定点観測する。「偶然《ぐうぜん》を発見し、取材する力を高めたいんです」と明かす。

岡田さんは3冊の句集を出し、現代俳句新人賞などを受賞する俊英《しゅんえい》として注目される。持ち味は、言葉の組み合わせの妙《みょう》。意外性と新鮮《しんせん》さに満ちている。

セーターの雨粒《あまつぶ》はらふ手の雨粒

予想外の雨に降られた人の何気ない一瞬《いっしゅん》を観察し、雨粒という言葉のリフレインとともに切り取っている。

赤子やら冬瓜《とうがん》やらを抱《だ》き上げる

弱々しい存在も、ありふれた冬の野菜も同様に扱《あつか》う姿勢は乱暴だが、たくましくも映る。人の営みを観念的に捉《とら》えず、じっと見つめるからこそ新鮮な表現が生まれる。最新の句集は、2019年4月に小野市詩歌文学賞《おのししいかぶんがくしょう》に選ばれた。選考委員の日本芸術院会員、宇多喜代子《うだきよこ》さん（84）からは「酸欠の部屋に流れこんだ新しい空気のような気持ちのよさがある」と評された。

＊

不登校気味の少女時代を送った。勉強するのは好きだったし、友達もいた。学校から帰ったら庭で木登りして、富山湾《とやまわん》を眺《なが》めるような元気な女の子だった。ただ毎年2学期、3学期と月日が過ぎるにつれ、教室に行けなくなった。いつも最初に張り切りすぎて、終盤《しゅうばん》になると気力が続かなかった。

高校生活はしばらく順調だったが、突然《とつぜん》教室に足が向かなくなった。うつ病の診断《しんだん》を受けた。原因として思い当たったのは、父の家庭内暴力だった。父は母にたびたび手を上げた。母はろっ骨にひびが入り、失明しそうにもなった。空気が張り詰《つ》めている家では、子どもは安らげない。気付くといつも床《ゆか》に寝《ね》そべっていた。頬《ほお》に当たる床が冷たくて気持ちよかった。

どうにか大阪の大学に入った。しかし4年生になっても、ほとんど就職活動はできなかった。当時は就職氷河期と呼ばれる時期。行ったり行かなかったりの学生生活を送り、面接試験を勝ち抜《ぬ》く自信はなかった。大学卒業後は富山に戻《もど》り、ファミレスや婦人服店のアルバイトを転々とした。

先の見えない生活の中で、愛犬が死んだ。小学5年のとき、友達から譲《ゆず》り受けた犬だった。喪失感《そうしつかん》を言葉にしようとしたが、ただただ悲しくなるだけだった。試しに俳句で表現してみた。

俳句は世界で最も短い詩だ。17音の中に季語を取り合わせるという制約は厳しい。犬の毛並みや目、尻尾《しっぽ》。一つの題材に注目すれば、他の部分をそぎ落とさないといけない。「書きたくないことまで細かく書かなくても表現になる。それが良かった」。言葉で愛犬と過ごした時間を定型詩で写し取ることは、現実と折り合いをつける喪《も》の作業だった。少しずつ気が楽になっていった。俳句という器が受け止めてくれた。

＊

日常的に作句するようになった。インターネットの掲示板《けいじばん》に俳句を投稿《とうこう》した。反応があるのが面白かった。掲示板の主宰者《しゅさいしゃ》は言葉で写実する大切さを教えてくれた。会うことはないが、パソコン画面の向こうに同じように俳句を愛する人がいるのが心強かった。つらいときこそ作った。俳句が日々の生活を支えてくれた。

富山から松山に出向いた。現在テレビでも活躍《かつやく》する俳人の夏井《なつい》いつきさん（62）が開く「句会ライブ」にネットの仲間から誘《さそ》われた。夏井さんが作句を手ほどきし、来場者が会場で1句を作るイベントだった。

懇親会《こんしんかい》にも参加すると、男女問わず、さまざまな年齢《ねんれい》や職業の人がいることに驚《おどろ》いた。富山でも俳句の集いに行ったことはあったが、参加者の大半が高齢の女性だった。多彩《たさい》な俳人の中に夫となる昌明《まさあき》さんがいた。年齢は10歳《さい》離れていたが、純朴《じゅんぼく》で話しやすかった。俳句のことだけでなく、家族や来《き》し方まで語り合った。「僕《ぼく》の方が俳句歴が長かったから、先輩風《せんぱいかぜ》を吹《ふ》かせたかもしれません」と昌明さん。「彼女《かのじょ》は写生する力と独特の感覚がある。面白い句柄《くがら》だと思いました」

岡田さんは、松山の句会に足を運ぶようになった。デート代わりに、仕事中の昌明さんが運転する車の助手席に座《すわ》ることもあった。街には路面電車が走っていて、建物の向こうに山が見えた。富山と似ている気がした。ただ気候は温暖だった。フジャバラの花が富山よりも目に付いた。「自然と外出したくなりました。俳句の種も発見できました」

ウマが合った2人は結婚《けっこん》することになった。岡田さんはアルバイトで生計を立てており、昌明さんも農業に挑戦《ちょうせん》しようと仕事を辞めたばかりだった。お金はなかった。そこで助けてくれたのが、俳句仲間だった。俳句を通じて交流があった夏井さんが、自身のイベントの打ち上げ会場を披露宴《ひろうえん》会場として提供してくれた。会を仕切ってくれた夏井さんからは「貧乏《びんぼう》な主役よりも立派な服を着てくるな」というお達しが出た。

夏井さんの案で、新郎《しんろう》新婦の希望のリストに合わせ、参加者が自宅から不用品を持ち寄ってくれた。そのプレゼントを題材にした俳句も披露してくれた。2人は聖書ではなく、歳時記《さいじき》に手を載《の》せて〝俳句の神様〟に愛を誓《ちか》い合った。「お遊びみたいな結婚式でした。でも温かかった」

*

松山で暮らしてから、俳句がさらに身近になった。句会に積極的に参加した。傾倒《けいとう》する俳人が評価する句集があれば、手に取った。先人の足跡《あしあと》をたどり、技法や作品世界を吸収した。句集も作った。第1句集はホチキスでとじた簡素な私家版《しかばん》だった。

2018年、第3句集『記憶《きおく》における沼《ぬま》とその他の在所《ありか》』を発表した。ロイヤルブルーの装丁《そうてい》が美しい一冊だ。

冷蔵庫牛の死肉と吾《あ》を隔《へだ》つ

身近なものを題材にしながらも、濃密《のうみつ》な言葉で死のイメージを結晶化《けっしょうか》した作品が目立つ。「暗い作品だからこそ、居場所のない人たちの癒《い》やしになると思ったんです」。初めて読者を想定して編んだ句集だった。

死を連想させる句集の言葉は、5年前に兄が他界した影響《えいきょう》が色濃《いろこ》い。岡田さんは大学在学中に両親を亡くしており、兄は頼れる存在だった。はっきりと、うたったわけではないのに、誰《だれ》かの追悼《ついとう》句集だと受け止める読者もいた。句集を締《し》めくくったのは、こんな一句だった。

白藤《しらふじ》や此《こ》の世を続く水の音

揺《ゆ》れる白藤の下、水は静かに流れる。水は「此《こ》の世」と彼岸《ひがん》をそっと結ぶ。岡田さんが最近、気に入っている言葉は「花眼《かがん》」という言葉だ。老眼を意味している。「中年になれば、老いがテーマになる。私はまだ老眼じゃないけど、花眼というきれいな言葉ならポジティブになれる気がします。いつか俳句にも使ってみたい」

俳句に救われた人生だった。作り続けることで、俳句に恩返しする。そして、次代につなげる。

（2019年12月1日掲載《けいさい》）

どこまで踏《ふ》み込《こ》んで書くべきか。どんな話題であっても、書き手としてはいつも迷うところだ。

岡田さんの母は家庭内暴力を受けていた。目にするのもつらい光景は少女時代の岡田さんの心をえぐった。細かく描写《びょうしゃ》するほど表現できるものはあるが、岡田さん自身が何かトラブルに巻《ま》き込《こ》まれるかもしれない。どう書こうか悩んだ。しかし、岡田さんは「悲惨《ひさん》な時期を経ても、今の私はそれなりに生活している。似た境遇《きょうぐう》にある人が読んだら救いになるかもしれない」と言ってくれた。その言葉に背中を押《お》された。表現者としての覚悟《かくご》を感じた。

岡田さんは相変わらず俳句漬《づ》けの日々だ。コロナ禍《か》でもネット句会を開いた。コロナの状況が落ち着くと、景色の良い名所を訪れて作句する吟行会を再開した。「吟行は頭の中で考えるもの以外の偶然に出合えるのが楽しい」と言う。新しい句集の準備も進めている。

9

祖父母のみそを守る

「北の国から」に背中を押され

冬はみその造りの繁忙期《はんぼうき》だ。種こうじを米に付け、こうじを造る。蒸した大豆と混ぜ合わせて醸造《じょうぞう》する。夏にかけての気温差を利用して発酵《はっこう》を進める。魚津市宮津《うおづしみやづ》の「宮本《みやもと》みそ店」も仕込《しこ》みに忙《いそが》しい。「良いみそには良いこうじが欠かせない。こうじを造っていると、目が離《はな》せないのでそわそわします」。店主の宮本晃裕《あきひろ》さん（39）は言う。

こうじを発酵させていると、昼夜問わず温度管理に気を配らないといけない。作業する部屋は湿度《しつど》が高く、蒸し風呂《ぶろ》のようになる。冬でもいるだけで汗《あせ》びっしょりになる。機械を用いるのが主流になる中で、手作りを続けている。その味を求めて、クリスマスソングが流れる店に常連客が次々とやって来る。宮本さんが時折アドバイスを求める石黒種麹店《いしくろたねこうじてん》（南砺市《なんとし》）の石黒八郎《はちろう》さん（68）は「若いのに手作りを続けてくれるのは頼《たの》もしい。一目を置いています」と期待する。

＊

かつての宮本さんはドラマーになりたかった。中学生の頃《ころ》、ロカビリーにはまって仲間とバンドを始めた。憧《あこが》れのバンドは、不良っぽさと文学的な歌詞で人気を集めた「ブランキー・ジェット・シティ」だった。進学した富山県立大の短期大学部では、就職活動をしなかった。教官や家族には心配されたが、やはり音楽をやりたい。地元の仲間と上京した。音楽専門学校で学びながら、プロへの道を探った。

東京は厳しい。少ないバイト代の大半が家賃に消える。バイトで楽器を練習する時間もない。街を歩く人の勢いは気ぜわしい。追い立てられるような速度で動く東京で、日々を過ごすことに1年ほどで疲《つか》れた。

盆暮《ぼんく》れに帰省すると、田んぼが見えるのどかな風景にほっとした。空が広い。どんなスピードで歩いても文句を言われることはない。昔からの仲間がいることも心強い。ドラムスティックを握《にぎ》る手をゆるめ、地元に戻《もど》った。つてをたどって、知り合いの瓦《かわら》店を手伝った。

将来に悩《なや》んでいたとき、テレビドラマ「北の国から」に夢中になった。田中邦衛《たなかくにえ》さんが主演で、北海道の大自然を舞台《ぶたい》にするヒューマンドラマだった。東京でへこたれている頃、シリーズが幕を閉じることが話題になっており、ずっと気になっていた。レンタルビデオ店でＤＶＤを借りて全32話を一気に見た。涙《なみだ》がこぼれた。温かな人間模様を描《えが》き、幸せの意味を問い直すドラマが、ふるさとで再出発しようとする自分の背中を押《お》してくれているような気がした。特に田中さんが演じる朴訥《ぼくとつ》とした父親役が気になった。「おいらは小さくやるんだ。ありがとうの言葉が聞こえる範囲《はんい》でな」というせりふが胸に残った。祖父の賢治《けんじ》さんと祖母の美代《みよ》さんの生き方に重なった。

本格的な戦後復興が始まった１９５７年から、祖父母はみそ造りの委託《いたく》加工業を営んでいた。地元の農家の人たちから米を預かり、みそに仕立てる。こうじをたっぷりと使った甘《あま》めのみそが愛された。各家庭の好みに合わせ、塩加減を調整することもあった。地味ながら、確かに地域の食生活を支えていた。「ありがとうの聞こえる範囲」じゃないと、できない仕事だった。

宮本さんの両親は共働きで、放課後はいつも祖父母と一緒《いっしょ》に過ごした。祖父は口数こそ少ないが、地域の世話役を進んでやった。祖母は雪囲いでも農作業でも暮らしに関わることならなんでもできた。2人のみそ造りを間近に眺《なが》め、尊敬していた。「この味を残すことに意味がある」と思った。

＊

2人に「みそをやる。仕事としてやっていく」と伝えた。反対された。割のいい仕事は他にある。宮本さんの父も家業を継《つ》がなかった。国内のみその生産量は1973年の59万トンをピークに下がり続け、2005年からは50万トンを下回る。地方からの人口流出と、食生活の変化、顧客《こきゃく》だった農家の減少。悪い条件はいくらでもある。2人からは「絶対に食べていけない」と強く言われた。「消防士になれ」とも勧《すす》められた。孫の将来の安定を思ってのことだった。宮本さんは受け入れなかった。瓦の仕事の合間を見つけては、だまってみそ造りを手伝った。

みそ造りに携《たずさ》わってみて、手作りの大変さを再認識した。米を洗うのも、大豆を蒸すのも、みそを箱詰《はこづ》めするのも全て手作業。昔ながらのやり方が平成になっても続いていた。「スイッチを押すだけでできるようになることもたくさんあるんじゃないの？」と祖母に機械の導入を勧めた。「一度楽を覚えたら、それが当たり前になって楽じゃなくなる。切りがない」と返された。古くさい考えだとは思わなかった。「北の国から」の世界観と共通しているような気がした。

祖母は決して宮本さんを褒《ほ》めなかったが、任される仕事は少しずつ増えた。宮本さんは２０１０年、自宅の工房《こうぼう》をリフォームして「宮本みそ店」をオープンさせた。委託加工だけではなく、小売りも始め、宮本のみその間口を広げた。

魚津産大豆や、自家栽培《さいばい》した米を使うなど材料にこだわっていたが、最初は売れなかった。古い住宅街の一角にある店は目立たず、知名度も低かった。みそでの収入は当初、年間50万円程度だった。

買って食べてくれた地元の人からは「おいしい」という感想をもらった。地元で買ってくれる人はよく顔を見知った人ばかり。気を遣《つか》っているだけなのかもしれない。とはいえ、受け継いだ祖父母の味には自信がある。腕試《うでだめ》しのつもりで、東京で毎月開かれる青空市に出店した。続けて出てみると、ファンができた。「このみそなら子どもが食べてくれる」と言ってくれる人もいた。

富山だけでなく、東京でも通用することに自信を深めた。売れ行きは好調で、生産量を前年の1・5倍に増やした。みそを保管するため、作業場が手狭《てぜま》になり、近所の親戚《しんせき》の倉庫にみそを移した。これが良くなかった。温度が違うのか、湿度が違《ちが》うのか。たいして距離《きょり》も離《はなれ》れていないのに、みその発酵が想定よりも進み過ぎて、色味が濃《こ》くなった。材料の質も配分も変えていないのに、味も微妙《びみょう》に違う。捨てるわけにもいかず、事情を説明して販売《はんばい》してみると「代替《だいが》わりした途端《とたん》にこれなのか」と客に怒《おこ》られた。「『ごめんなさい』と言いながら売るみそなんて駄目《だめ》だ」と思った。無理をしてまで生産量を増やすことはやめた。品質を守るため、年間生産量は10トン程度に限った。

＊

「北の国から」の脚本家《きゃくほんか》、倉本聰《くらもとそう》さん（85）に会う機会があった。地元の商工会議所青年部で企画《きかく》した講演を依頼するため、倉本さんの知人に手紙を託《たく》した。宮本さんが「北の国から」に背中を押してもらって今があるという内容も記した。期待せずに返事を待っていると「一度会ってみないか」と連絡《れんらく》があった。北海道・富良野《ふらの》のアトリエを訪ね、祖父母の味を引き継いでみそ造りに励《はげ》んでいることを伝えた。「それは正しいと思います」と言ってもらった。

祖父は2016年に、祖母はその2年後に亡くなった。2人は宮本さんに直接話すことはなかったが、近所の人には宮本さんが跡《あと》を継いでくれたことを心配しながらも、喜ぶ顔を見せていたらしい。

20年2月で開業して10年になる。ようやく、みそ造りだけでも生活できるようになった。昔ながらの味を守りつつ、希少な大豆を使ったり、熟成《じゅくせい》期間を3年以上にしたりと、自分ならではの味を追求したみそも手掛《てが》けている。次の10年は、みそ造りを通じて何か地域に貢献《こうけん》したい。「ありがとうの言葉が聞こえる範囲」を幸せにする。

（2020年1月1日掲載《けいさい》）

寒い日の朝の食卓《しょくたく》にみそ汁《しる》があるだけでちょっとうれしい。具材はなんでもいい。みそは偉大《いだい》だ。

新型コロナウイルスの感染拡大によって、宮本みそ店の来店者は減った。毎月出店していた東京の青空市への出店も控《ひか》えている。代わりにネット注文が増えている。コロナ以前の倍になったという。みその消費量は全国的に減っているが、宮本さんのみそには根強いファンがいる。「本当は対面してお話するのが一番なんですけどね」と宮本さんは悔《くや》しがる。

2021年春には、店を近くの空き家に移転する。キッチンを設け、講師を招いてワークショップを開くスペースも造る。そこで地元の人たちが集まる機会もつくりたいという。地域貢献したいという言葉を早速実行しようとしている。

10

ママを孤《こ》立《りつ》させない

減らしたい「子どもの貧困」

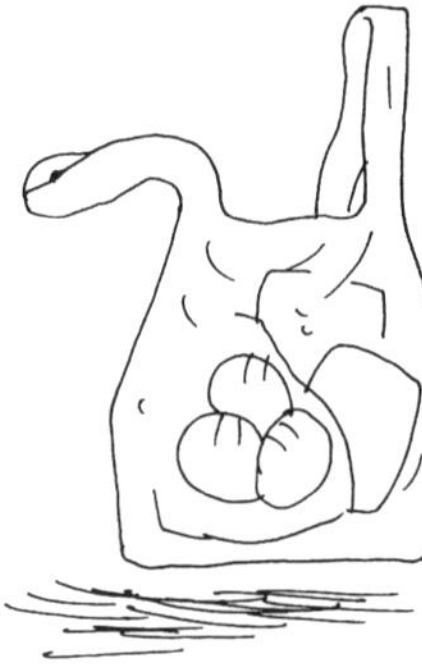

夜9時過ぎ。パンとお菓子《かし》を詰《つ》め込《こ》んだ大きな袋《ふくろ》を携《たずさ》えて、富山市の出分玲子《でぶんれいこ》さん(62)は託児所《たくじしょ》の扉《とびら》を開ける。少し雑然とした部屋で、小学生が算数の宿題をしている。出分さんの姿を見つけると、小学生が駆《か》け寄ってくる。「今日は何があるの」と袋の中をのぞき込む。「ハイハイ、誰《だれ》も持っていかないから。宿題やったの？ 早くやって寝《ね》ようね」と出分さん。勉強の様子を見守る。小学生が取り組んでいたのは小数の単元だった。「0・5＋0・8は？ ピンポンピンポン。ちゃんと解けてる。小数を得意といって大丈夫《だいじょうぶ》」。子どもとの接し方が堂に入《い》っている。

小学生の母親はシングルマザー。独りで小学生とそのきょうだいを育てている。託児所の近くの酒場で深夜まで働いている。食事や着替《きが》えの用意などの世話を怠《おこた》るネグレクトの傾向《けいこう》があり、出分さんは託児所から相談を受けていた。

出分さんは食料を届け、親子の様子をうかがっている。食料には、福祉《ふくし》の窓口や職業訓練を案内するチラシも添《そ》えている。「すぐにじゃなくても、ちょっとずつ。現状を抜《ぬ》け出す手掛《てが》かりにしてもらえたら」

出分さんはNPO「えがおプロジェクト」を主宰《しゅさい》し、ボランティアでシングルマザーを支援《しえん》している。「苦しんでいる子どもを助けるには、その後ろで孤立しているお母さんを助けないといけないんです」

＊

新潟の大学を卒業した1979年、小学校の教諭《きょうゆ》になった。かつて自分を受け持ってくれた担任に憧《あこが》れた。初めての教員生活は楽しかった。教えたことを子どもがスポンジのように吸い込んでゆくのがうれしかった。受け持ったクラスに母子家庭の子どもがいた。清掃業《せいそうぎょう》で身を立て、休みなく働く母親は大変そうだった。子どもの相手もほとんどできていない様子だった。「母子家庭だから仕方ない」。当時の出分さんは、そう思った。

25歳《さい》で結婚《けっこん》し、すぐに長男を授かった。仕事を続けたい気持ちもあったが、5年で退職した。子どもができたら、女性が仕事を辞めるのは珍《めずら》しくない時代だった。

3人の子どもに恵《めぐ》まれた。育児に専念し、それなりに幸せな家庭生活を送っていた。しかし中年に差し掛かると、夫との関係が悪化した。夫のひどい言動に苦しんだ。子どもの前では気丈《きじょう》に振《ふ》る舞《ま》っても、独りになると涙《なみだ》があふれた。精神的に追い詰められ、ようやく別れることを決断した。離婚《りこん》調停と裁判《さいばん》には6年かかった。

その間の生活費と、子ども3人の学費をどうにかしないといけなかった。上の子は高校生でこれからお金が必要になる時期。末っ子はまだ小学生だった。45歳で臨時講師として教員に復帰した。今度は憧れではなく、ただ暮らすためだった。

この先の人生はどうなるのか。初めて教職に就いた頃とは違う不安の中で、教壇《きょうだん》に立った。臨時講師は1年契約《けいやく》で、給料は経験のない若い教師たちと変わらない。しかし問題の多いクラスの担任を任され、児童の親から過度な干渉《かんしょう》を受けることもあった。「我慢《がまん》しないといけないことばかり。それでも働いている間だけは、つらいことを忘れられた」。不安定な待遇《たいぐう》のため1年ごとに学校を転々とさせられる中で、目撃《もくげき》したのは児童の窮状《きゅうじょう》だった。

忘れ物が多い。宿題を全くしてこない。何日もお風呂《ふろ》に入っていない。食事が足りていない。日常的に暴力を受けているのか、全身があざだらけ。その多くが母子家庭の児童だった。最近注目され始めた「子どもの貧困」という社会問題の当事者だ。

シングルマザーは収入が少なく、長時間働かないといけない人が少なくない。早朝に宿泊施設《しゅくはくしせつ》で朝ごはんを作り、昼はエステサロンで働き、夜も勤めるという人もいる。子どもと過ごす時間が少なく、疲《つか》れ切っていた。

誰《だれ》の援助も得られずに、孤立している若い母親の姿が子どもたちの肩越《かたご》しに見えた。結婚前に教師をしていた時には、気付いていても見過ごしていたことだった。自身も離婚し、経済的に苦しみ、初めて孤立している母親たちの立場になれた。

高齢者《こうれいしゃ》や障害者のようには、シングルマザーは自分たちの苦境について社会に発信できていなかった。シングルマザーに対して「我慢《がまん》が足りない」「自業自得《じごうじとく》じゃないか」という偏見《へんけん》も根強くある。一方で、全国的に見ても富山の離婚率や貧困率は低い。低いからこそ、目立たない。目立たないからこそ、目を向けてもらえない。困っているシングルマザーをピンポイントでサポートする必要がある。「神様から『あなたが子どもや母親のためにできることをやりなさい』と言われている気がした」

＊

末の子どもが成人した2010年、シングルマザーを支援する「えがおプロジェクト」を立ち上げた。シングルマザーの集いや、子育て講座《こうざ》、弁護士によるレクチャーを企画《きかく》する。貧困家庭にはフードバンクなどの協力を得て食品も配る。

シングルマザーの子どものための学童保育も始めた。子どもの世話をするだけでなく、送り迎《むか》えする母親の相談にも乗る。しかし、知り合った経営者からこう言われた。「金のない人からどうやってお金をもらうのか。続けられるはずがない」。現実的な指《し》摘《てき》だった。

結局、共働きの家庭も受け入れることにした。当初は神社の一角や民家を間借りして転々としたが、支援者の理解があり、専用の施設を建てることができた。「えがおプロジェクト」の活動の拠点《きょてん》にもなった。出分さんを慕《した》って、母子家庭で育った若者が運営を手伝う。富山市の藤井誠人《ふじいまさと》さん（19）もその一人。中学生の頃から出分さんと交流がある。「出分さんにになら家のことを話せた。母が一番大変な時期に出分さんと出会えていたら、もっと楽だったと思う。だから今後も他の子どものためにも出分さんを応援したい」と言う。

＊

出分さんを頼《たよ》る女性たちが抱《かか》える問題はそれぞれ異なり、それぞれ深刻だ。心を病んでいたり、子どもが不登校だったり。さまざまな事情から実家にも頼れない。生活保護を受けようにも、冷たい対応をする役所の窓口に恐怖心《きょうふしん》を抱《いだ》いている人もいる。

全てに絶望して「死にたい」と小さくつぶやく人も、「子どもを手放したい」と泣き崩《くず》れる人もいる。

まずは一人一人の問題に耳を傾《かたむ》けて問題を把握する。協力してくれる専門家を探す。心身が弱っている人であれば病院や役所に同行する。離婚した夫から養育費を支払われない人がいれば、弁護士につなぐ。生活に余裕《よゆう》がなく、心が弱り切った人に、出分さんは寄《よ》り添《そ》い、背中を押《お》す。ギリギリの状態から抜け出すため、なんとか一歩を踏《ふ》み出してもらう。

出分さんの活動に協力する医師で県議の種部恭子《たねべきようこ》さん（55）は「出分さんがやっているのは、本当なら行政が率先してやるべきこと。福祉《ふくし》の網《あみ》の隙間《すきま》に落ち、折れそうになっている人をなんとかすくい上げている。無償《むしよう》のボランティアですよ。なかなかできることじゃない」と評価する。

出分さんは、これまで100人以上のシングルマザーを手助けしてきた。どれだけ経験を重ねても、重い相談を受ければ精神的に消耗《しょうもう》する。自分の時間もなくなる。ただ、誰かを支えることで、自分も支えられている気もする。「私も離婚で大変な思いをした。もしこの活動をしなかったら、ずっと鬱々《うつうつ》としていたと思うんです。『なんで自分ばっかり』って」

苦しんだからこそ、他の人の痛《いた》みが分かる。困っているママを独りにできない。「えがおプロジェクト」という名前には、「子どもを笑顔にするには、母親が笑わないといけない」という思いを込《こ》めている。

（2020年2月1日掲載《けいさい》）

非正規雇用《こよう》の職に就くシングルマザーは少なくない。出産や育児のため、一度得た仕事を手放さないといけない場合があるからだ。

非正規雇用は立場が弱い。簡単に仕事を減らされたり、辞職させられたりする。フルタイムで働きたい意思があっても、小さな子どもがいれば、雇《やと》う側が敬遠する。仕事があっても、男女の間には収入格差が依然《いぜん》としてある。女性が独りで幼い子どもを抱えて生きるのは厳しい。

新型コロナウイルスの感染拡大は、立場の弱いシングルマザーをさらに苦しめる。経済的にも精神的にも追い込んだ。厚生労働省によると、2020年10月の女性の自殺率は前年より大きく増えている。

20年11月に出分さんの活動は10周年を迎《むか》えた。節目を迎えたからといって、出分さんの活動は終わらない。助けを必要としている人がいる。

11

もう一度作りたい

作品を焼失した造形作家

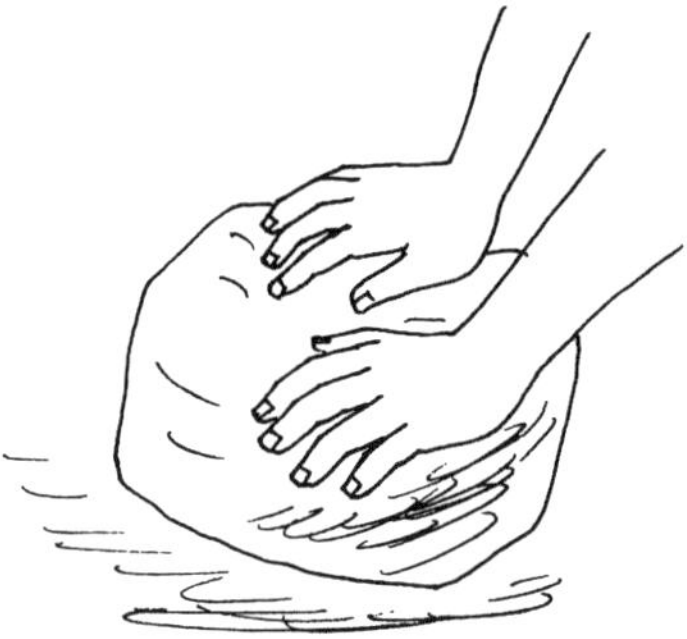

ゆるい曲線を描《えが》く突起物《とっきぶつ》がつながり合って、不思議な形をつくる。青を基調とした複雑な釉薬《ゆうやく》の表情が作品に奥行《おくゆ》きを与《あた》える。澄《す》んだ海の底や、年輪を重ねた木の枝を思わせるけれど、何とも言い切れない。筑波《つくば》大学が所蔵する陶製《とうせい》のオブジェで「カンタービレ1995」と名付けられている。カンタービレは「歌うように」を意味する音楽用語で、1995は作家の生年だ。

それは富山市出身の造形作家、大井真希《おおいまき》さん（25）の手によるもの。「山の稜線《りょうせん》や川の水面《みなも》など、自分の好きなもののイメージをつなげました」と言う。茨城県のつくば美術館で嘱託《しょくたく》の学芸員として勤めながら、創作している。「土を触《さわ》り始めた頃《ころ》から、曲線が好きなんです。曲線の美しさを追求したいんです」。大井さんが陶《とう》を素材にした創作を始めて8年になる。しかし、現存する作品は4点だけ。残りは燃えてしまった。

＊

絵を描《か》いたり、工作したり。大井さんが手を動かすことを好きになったのは祖父の影響《えいきよう》だ。大工だった祖父は趣味《しゅみ》で絵を描いていた。祖父の記憶《きおく》はない。大井さんが1歳《さい》半の時に亡くなった。代わりに書斎《しょさい》には、水墨画《すいぼくが》の絵皿や筆、美術関係の本がたくさんあった。デッサンも残っていた。書斎で祖父の残したものに触れるのが好きだった。中には産まれたばかりの大井さんが眠《ねむ》る姿を描いたデッサンもあった。「今見ても、私よりうまい。入院中の病院で看護師《かんごし》さんにも描いてあげていたらしい」と笑う。

高校1年の冬、美大を目指して画塾《がじゅく》に入った。ソフトボール部で散々体を動かした後、与えられた画題に取り組んだ。3年生の秋、高校生向けの美術コンクールに出品した。初めてキャンバスに描いた絵だった。青っぽい背景に手を大きく描いた。10代ならではの鬱屈《うっくつ》した気持ちを表現したつもりだった。

しばらくして職員室に呼ばれた。コンクールの事務局から電話越《ご》しに絵画部門の最優秀賞に輝《かがや》いたことを伝えられた。校内放送でも発表され、友人たちに祝福された。

画塾で新聞社から簡単な取材を受けることにもなった。

記者が手にした作品の写真を見て驚《おどろ》いた。制服を着た女子高生が横たわっている絵だった。自分のものではない。明るい雰囲気《ふんいき》が一気に不穏《ふおん》なものになった。事務局が調べたところ、大井さんの作品に貼《は》り付けられた応募《おうぼ》用紙が、手違いで別の出品者のものと入れ替《か》わったらしい。

しかも本来の受賞者は同じ高校の友人だった。すぐに「おめでとう」と伝えた。「ごめんね」と返された。「気にしないで」と言ったけど、それ以降本人だけでなく、共通の友達とも口をきけなくなった。

1カ月近く、ふさぎ込《こ》んだ。才能がないのかと悩《なや》んだ。「このままでは駄目《だめ》になる」。美大合格へ向け、気持ちを切り替えて勉強に打ち込んだ。入試に必要なデッサンも、自分でも分かるくらいにうまくなった。大学選びに迷っていたところ、画塾を運営する堀敏治《ほりとしはる》さん（63）から「お前は絵より、立体なのかもしれない」と言われた。尊敬する先生の言葉を信じ、立体を学べる学科を目指すことにした。「あいつは上っ面《うわつら》なことより、骨太なことをやればいい」と堀さんは振《ふ》り返る。大井さんの負けず嫌いな姿勢を買っていた。

＊

大井さんは東京の多摩《たま》美術大の工芸学科に受かった。その学科では、陶とガラス、金属の三つの素材を学ぶ。興味を持ったのは、陶だった。ほかの素材と違い、自分の手で直《じか》に触れ、形を変えることができる。人間が最初にアートに使った素材が土とも言われる。身近にあって根源的な素材に見えた。焼くと質感が全く変わるのも面白かった。

粘土《ねんど》に触れた当初から、自然と追求したのは曲線の美しさだ。生まれ育った町のおわらをイメージした。おわらの円を描くような、優美な手の動きが好きだった。

筑波大大学院に進み、創作を続けた。2年の冬に大学の友人と銀座でグループ展を開いた。作品が初めて売れた。手元を離《はな》れた作品が買い手の生活の一部になる場面を想像した。作家になりたいという思いを強くした瞬間《しゅんかん》だった。

神奈川県美術展で県立近代美術館賞を受賞した。美術館に受賞作を買い上げられるという駆《か》け出しの美術家にとって特別な賞だった。公募展《こうぼてん》は高校の時に嫌《いや》な記憶《きおく》が焼き付いている。受賞の電話連絡《れんらく》を受けても、書類が届いても信じられなかった。授賞式で賞状をもらってようやく安心した。

在学中につくば美術館での仕事も得た。小さな美術館で、地元の作家たちとの交流も多い。やりがいを感じた。大学院の修了《しゅうりょう》制作展でも受賞し、作品が買い上げられた。作家としての関門を突破《とっぱ》した気がした。画塾の堀さんからは、大井さんの作品を軸《じく》にした富山でのグループ展の誘《さそ》いがあった。

順風満帆《じゅんぷうまんぱん》に見えた作家人生に、また逆風が吹《ふ》いた。2019年7月、共同アトリエが全焼した。明け方に連絡を受け、駆《か》け付けた。焼成《しょうせい》前のものなら、火事の炎《ほのお》で作品らしくなっているかもしれない。そんな淡《あわ》い期待を抱《いだ》いていたが、アトリエの屋根が焼け落ち、制作中の作品は跡形《あとかた》もなくなっていた。保管していた過去の作品も、富山で展示する予定だった作品も消えた。知人から「大丈夫《だいじょうぶ》?」と言われても「大丈夫」と返すしかない。「また同じようなものを作ればいいじゃないか」と励《はげ》まされても、再現する気力などない。ただ途方《とほう》に暮れた。

大学院で大井さんを指導した齋藤敏寿《さいとうとしじゅ》さん(56)は「作品は自分の分身。失うのは作家としてはきつい。その時期に考え、その時の気持ちで作ったものを、もう一度なぞるように作るのは無理ですよ」と同情する。

*

沈《しず》みきった気持ちを変えたのは、以前からファンだったシンガー・ソングライター、中田真由美《なかたまゆみ》さん(34)の歌だった。中田さんは以前、大井さんが勤めるつくば美術館であった作品展で歌声を披露《ひろう》していた。その歌に感化されて作ったオブジェもあった。

それが「カンタービレ1995」だ。

気まぐれに歌への思いをメールに綴《つづ》ったところ、「セッション」の誘《さそ》いがあった。つくば美術館で開催《かいさい》するグループ展へのゲスト参加を提案された。出品できる作品は限られている。自作を所有する大学から借りた。これを節目に作家活動をやめようと思っていた。これまで応援《おうえん》してくれた家族も招待した。

中田さんは作品を見て「曲線に優しさが表れていた。私の歌と共鳴している」と感じたという。ステージから、大井さんの作品を見つめるように歌った。

大好きな歌声に耳を傾《かたむ》けていると、大井さんの目に自然と涙《なみだ》があふれた。作家としては最後の晴れ舞台《ぶたい》だと思っていたけれど、少しだけ力が湧《わ》いた気がした。「これを作れるんだから、頑張《がんば》りなよ」と言われている気がした。

その2カ月後、堀さんが企画《きかく》した富山のグループ展に参加した。本来なら、自分の作品が中心になるはずだった。手元にあった学部時代の作品を2点だけ飾《かざ》った。面白がってくれる人もいたが、自分の「今」ではないと思った。「もっとバージョンアップしているものを出したかった」

アトリエが建て直された。火事の記憶《きおく》があり、足を踏《ふ》み入れられるようになったのは今年になってからだ。焼失した道具を買い集め、少しずつ運び込んでいる。失ったものは戻ってこない。でも、新しいものを作る。まずは5月の公募展を目指している。時々、強い逆風が吹く作家人生だが、もう少し続けてみようと思っている。

（2020年3月1日掲載《けいさい》）

作品を消失したショックから大井さんはすっかり立ち直った。アトリエでの制作を再開した。新型コロナウイルスのせいで、目標にしていた公募展が開催されなかったが、仲間とつくば市内の古民家でグループ展を開いた。コロナ禍《か》にあっても、たくさんの人が見に来てくれ、地元の新聞にも取り上げられたという。近況を尋《たず》ねると、「出品したのは、こんな子たちです」と画像を送ってきてくれた。

これまでオブジェばかり作っていたが、器《うつわ》も制作して都内のショップなどで販売《はんばい》している。小さなことだけれど、新しい挑戦《ちょうせん》だ。今はろくろを触《さわ》っているだけで心が落ち着くらしい。取材時には、思い出したくない過去に触《ふ》れて涙ぐむ瞬間もあった。でも、もう大丈夫そう。

12

失敗だって味になる

まちなかの手作り靴《くつ》教室

衣料品店のようなショーウインドーの向こう。ガラス越《ご》しにさまざまな革靴《かわぐつ》が見える。壁際《かべぎわ》には金属製の重々しいミシン、棚《たな》には多彩《たさい》な風合いの革の生地、作業台の上には作りかけの靴がある。ここは靴屋ではなく、革靴の手作り教室だ。水上友寛《みずかみともひろ》さん（41）は富山市のまちなか、中央通《ちゅうおうどお》りの横道で空き店舗《てんぽ》を借り、靴作りを手ほどきしている。「何カ月もかけてできた靴を履《は》いたら、受講生の表情がパッと明るくなる。その瞬間《しゅんかん》がいいんです」と話す。

自分だけの靴ができるのは楽しい。1足完成しても、また作りたくなる。教室には何年も通う人もいる。富山市の主婦、マルテンス昌子《まさこ》さん（62）も5年近く、水上さんと一緒《いっしょ》に靴を作る。「自分が欲しい靴ってなかなか売ってないでしょう。だったら自分で作ればいいと思ったんです」。ブーツもサンダルも、夫の靴も作った。今はスリッポンと呼《よ》ばれる靴紐《くつひも》や金具を使わないタイプのものに取り組んでいる。水上さんは静かにマルテンスさんの作業を手伝う。工房《こうぼう》の中はのんびりとした時間が流れる。

水上さんの教室がまちなかに移ったのは2013年。それまでは、のどかな山里で教室を構えていた。

*

10代を過ごした1990年代は、スニーカーが運動をするための靴としてではなく、ファッションアイテムとして注目され始めた。NBAの人気が高まり、バスケットボールシューズのブームもあった。水上さんも少ない小遣《こづか》いを貯めたり、親にねだったりしてスニーカーを集めた。

高校生の頃《ころ》、研究者になりたいと思ったことがある。ただ思うだけで勉強に身を入れることはなかった。植木職人にも憧《あこが》れたが、担任の教諭《きょうゆ》に「家業でもないのに」と止められた。結局、県内のビジネス系の専門学校に入った。

盆暮れに東京に進学した友人と遊ぶと驚《おどろ》いた。彼《かれ》らは垢《あか》抜《ぬ》けた服を着て標準語で、合コンや旅行について自慢《じまん》してきた。水上さんは楽しそうな友人たちを少しやっかんだ。意地でも勉強を頑張《がんば》ろうと決意して、授業を休まず受け、簿記《ぼき》などの資格試験にも合格した。ただ、やりたいことは見つからなかった。

学校による進路希望のアンケートでは、ほとんどの質問で「興味ない」の選択肢《せんたくし》に丸を付けた。営業職も事務職も自分には合っていない気がした。ただ自由記入欄《らん》には「靴」の一文字を書いた。アルバイト代のほとんどをスニーカーにつぎ込《こ》むほど、靴が好きだった。担任の教師から、靴の販売《はんばい》チェーン店への就職を勧《すす》められた。面接ではスニーカー好きをアピールして合格した。

接客仕事は思いのほか楽しかった。客への提案には、これまでのコレクションで培《つちか》った知識が役立った。スニーカー自体のデザインも機能もどんどん面白いものが出てきた時期だった。「自分が選んだ道は正解だった」と思った。

3年ほどして、郊外《こうがい》に新しくできた大型店に配属された。店の営業スタイルはこれまで慣れ親しんだやり方と違い、店頭にたくさん並んだ商品から客に自由に選んでもらうものだった。水上さんの仕事の大半は在庫管理になり、大好きだった客とのやりとりが減った。

会社はネットショッピングにも力を入れ始め、水上さんも携《たずさ》わった。雑誌などで取り上げられた注目の商品の販売を解禁した瞬間《しゅんかん》、10足単位で注文する人が目立った。同じデザインの靴を何足も必要とするわけがない。明らかに転売目的だった。自分の仕事は履きたい人のために靴を売ることだったはず。顔も知らない誰かをもうけさせるためではない。時代の流れとはいえ、むなしかった。

＊

業界紙を読んでいると、ある靴職人のコラムを目にした。靴は特別な技術がないと作れないイメージがあるが、最近は道具も手に入りやすく、材料をつなぎ合わせる接《せっ》着剤《ちゃくざい》も発達している。知識さえあれば、誰でも手作りできるという。執筆者《しっぴつしゃ》は手作りできる人材を育てる学校を東京で開いているらしい。当時の水上さんは27歳《さい》。靴職人になることにも関心があった。何かを極めるには3年は必要だ。30歳ならまだ失敗できる。会社を辞めて、その学校に入った。

学校で初めて作った靴は、コーヒー豆の麻袋《あさぶくろ》を素材にしたスニーカーだった。履き心地は悪い。でも、完成した瞬間に「本当にできたんだね」と周りの仲間たちが笑顔になった。水上さんも笑った。

1年間でノウハウを習得し、その後は、趣味《しゅみ》として靴作りをするコースのアシスタントになった。教えるのは楽しかった。1足でき上がるごとに、大きな歓声《かんせい》が上がる。携帯《けいたい》電話で写真も撮《と》る。その瞬間に立ち会っていることに喜びを感じた。「既製品《きせいひん》を売るよりも、オーダーメードの依頼《いらい》を受けるよりも、靴が手作りできることを伝えたい」と思った。

ちょうどその頃、地元の祖母の納屋が建て替《か》えられた。母が畑仕事をするためだったが、帰郷するなら空いているスペースを自由に使ってもいいという。場所は富山市寺家《じけ》（大沢野《おおさわの》）ののどかな山里。交通の便は悪いが、何とかなる自信があった。「ジケの靴工房」と名付け、自身の教室を開いた。当初は受講者が来るのは週1回程度だったが、口コミで評判が広がり、県外からも習いに来るようになった。

教室では、好みの革を選んでもらい、受講生が好きなタイプの靴を目指す。左右の足の大きさや形に合わせ、ぴったりのものに仕上げる。作業に失敗した人には「きれいなだけの靴なら数千円で買える。失敗だって味」と言う。楽な暮らし向きではないが、故郷で靴作りを広めることに意義を見いだしていた。自然に囲まれ、落ち着いた作業環境《かんきょう》も気に入っていた。

2011年3月11日。好きな音楽をかけながら、作業をしていると建物が揺《ゆ》れた。慌《あわ》ててラジオに切り替えると、東北で震度《しんど》7に達する大きな地震があったという。地震の規模に驚《おどろ》きつつ「自分には関係がない」と思った。また音楽に戻《もど》して、作業を続けた。夜に自宅でテレビをつけると、がく然とした。津波《つなみ》が車や家を飲み込んでいる。

暗闇《くらやみ》の中で炎《ほのお》が一面に広がっている。体育館で避難者《ひなんしゃ》が不安げな顔をしている。「関係がない」と思った自分の想像力のなさに怒《いか》りを覚えた。「居心地のいい空間に閉じこもっていたから無関係だと思ってしまった。もっと人と交わらないといけない」

*

東日本大震災から2年たって、靴作りの仲間と共同で、空き店舗を借りた。通りを歩く人から中が見えるよう、ショーウインドーのある物件を選んだ。作業していても、中から街の様子が分かる。靴を手作りすることは特別なことではなく、人々の生活の中にあるべきことだ。そんな理想と現実が少しだけ近付いた気がした。

毎月1回、靴以外の手作りのワークショップを開くことにした。講師は水上さんに靴作りを習った人たちだ。富山市の三木歩《みきあゆむ》さん（45）は大工という職能を生かし、いす作りを教える。「大きなことは言えないけど、ここで面白いことをやってそうって思ってもらえたらうれしいですね」と話す。三木さんのいす作りの教室も人気だ。靴に興味がない人も工房にやって来る。

水上さんは靴が生み出した縁《えん》を不思議に思う。専門学校のアンケートで、投げやりに「靴」と書いたのが今の人生につながっている。10代の頃の「好き」という気持ちが変わらず自分を動かしている。

（2020年4月1日掲載《けいさい》）

身に着けているもので、最も視界に入るものの一つが靴。歩いていても、座《すわ》っていても、視線は折々で自分の靴とぶつかる。買ったばかりの靴は心を華《はな》やがせてくれる。日々の生活に新しい空気を吹《ふ》き込《こ》む。

値段相応の靴はスマートフォンをいじればすぐに届く。しかし、自分で手作りした靴で出掛《でか》けたら、人生がいとおしくなるかもしれない。効率優先の世の中に、水上さんの仕事は抵抗《ていこう》しているような気がする。

このコロナ禍《か》を受けて、水上さんはさらに新しく挑戦《ちょうせん》していることがある。ミシンなどの機械を全く使わず、靴を作る方法を手ほどきし始めたのだ。「関心を持ってくれる人と靴を深堀りしてみようと思って。とても非効率な作業になります」と言う。完成したら、いや仮に完成しなくても楽しそうだ。興味のある向きはぜひ。

家庭の宝物を未来に

5代目表具師の願い

13

銀色の胴体《どうたい》にくっきりとしたしま模様《もよう》を浮《う》かべ、魚が悠々《ゆうゆう》と泳ぐ。涼《すず》しげな日本画の美しさを品よく際立たせるのは、射水市《いみずし》の明野《あけの》さやかさん（40）が手掛《てが》けた表具だ。深い黄色や青色の和紙と、水紋《すいもん》が広がったような模様の薄《うす》い裂地《きれじ》の組み合わせで絵を縁取《ふちど》る。新鮮《しんせん》なたたずまいだが、主張し過ぎない。作品の世界をさりげなく広げる。この掛《か》け軸《じく》で2012年の県表装《ひょうそう》展で県知事賞に輝《かがや》いた。

明野さんは1903（明治36）年創業の表具店、明野静観堂《あけのせいかんどう》の5代目表具師だ。古い掛け軸や屏風《びょうぶ》を修復し、書や絵画を軸装《じくそう》する。母の睦子《むつこ》さん（66）と一緒《いっしょ》に店を営む。「今は表具に欠かせない和紙の職人や、裂地を作る織元《おりもと》も減っているんです。表具の業界自体も先細りだから厳しいですね」

10年前に県内で100店近くあった表具店は70店程度になった。和室のある家が減り、表具の需要《じゆよう》が少なくなった。四季を表現した和の美術品を室内で楽しむ文化は消えそうになっている。「古民家をリフォームするテレビ番組を見ていたら、『匠《たくみ》』と呼《よ》ばれる人が床《とこ》の間《ま》を棚《たな》に変えてしまう。本当はそこが私たちの仕事にとって重要な場所。掛け軸を飾《かざ》るスペースなんです」と複雑な表情を浮《う》かべる。

厳しい時代を見越《みこ》してか、3代目の祖父も4代目の母も「店を継《つ》げ」とは言わなかった。それでも、明野さんは表具の道を選んだ。「お客さんが目の前で喜んでくれるのは、やっぱりうれしいんですよね」

＊

家族の仕事を当たり前のように眺《なが》めて育った。裂地と紙を接着させるため、刷毛《はけ》でたたくトントントンという音が好きだった。ふすまや障子《しょうじ》の張《は》り替《か》えを手伝うのが楽しかった。ホースで水を掛けて、必要のない紙を破りはがす作業は、ほとんど水遊びのようだった。ただ、それが自分の将来と関係あるとは思わなかった。親たちは「先生になれ」「医者になるんだぞ」と安定した仕事を勧《すす》めてきた。

高校卒業後は金沢《かなざわ》大教育学部に進学した。教員免許《めんきょ》は取ったが、親の願い通りの進路には進まなかった。教材制作に関心があり、関係する企業《きぎょう》の内定を勝ち取った。しかし、結局就職しなかった。

長男を授かり、大学を卒業後すぐに結婚《けっこん》した。新しい生活はうまくいかなかった。初めての子育てに手いっぱいになり、夫のことを気遣《きづか》えなかった。結婚生活は2年ほどで終わった。「若かったんです」と振《ふ》り返る。

息子を連れて、実家に戻《もど》った。教員免許を生かし、高校の臨時講師になった。教員は多忙だ。授業の準備以外にも、自宅に持ち帰る仕事は多い。高校時代にインターハイに出場した経験を買われ、ソフトテニス部の指導も手伝った。奨学金《しょうがくきん》の受付を担当していたこともあり、生徒の家庭の事情も見えてきて頭がいっぱいになった。「子どもの相手をしたいと思っているのにできなかった。それが悔《くや》しかった」。仕事と育児の両立は大変だった。

28歳《さい》で教職を辞め、パートの事務職に就いた。時間にゆとりができ、初めて家業を手伝うことになった。継ぐ気はない。あくまでも手伝いのつもりだった。表具師は力仕事も多い。男性ならふすま2枚を軽々と運べるが、女性には難しい。男社会の傾向《けいこう》が強いし、特に年輩《ねんぱい》の客からは不安視される。「歴史が長い業界。最初はどこか腰《こし》が引けていたかもしれません」

小さい頃《ころ》から身近に感じていた表具師の仕事は実際にやってみると知らないことばかりだった。掛け軸の裏打ちに使う和紙やのりの選び方、刷毛の使い方でも仕上がりが違う。修復を依頼《いらい》された調度品が海のそばで保管されていたか、線路近くの家にあったかでも、染みの出方や対処法が違う。

作業をする母の姿も新鮮《しんせん》だった。経験もあれば知識もある。仕事を習う立場になると、これまで以上に真剣《しんけん》に見えた。自分で携わってみると、やるべき作業の見極めが難しい。剥《は》がす必要のない紙まで剥がしてしまう。「質問しようにも何が分からないのかも分からない。見るとやるとでは違う。祖父や母は難しい仕事をやってきたんだと思いました」

研修会や展示会に通い、気になる仕事をする職人には質問を投げ掛けた。仕事場にも押し掛け、それぞれが培《つちか》ってきた技を教わった。古い屏風や掛け軸を修復すること自体も勉強になった。「将来の修復を見越して、裏打ちされた紙がはがしやすいように工夫されているんです。もうこの世にはいない職人も先生になる」と話す。

母の睦子《むつこ》さんは「いつ辞めるんだろうと思っていたら、いつの間にかのめり込んでいたみたい。前は一緒に仕事をしないといけなかったけど、気付いたら別々でも大《だい》丈夫《じょうぶ》になった。お互《たが》いの仕事についても『言われんことなし』になった」と笑う。

*

依頼の中には意外なものもあった。ある老夫婦からは、御朱印帳《ごしゅいんちょう》をばらして軸装してほしいと頼まれた。若い頃に四国《しこく》八十八カ所巡《めぐ》りをした思い出を凝縮《ぎょうしゅく》した品だという。掛け軸の中に収《おさ》めるため、巡礼《じゅんれい》順に並べながらも、余白を重ね合わせ、きれいな長方形に仕立てることに苦労した。

紙が破れ、大きく欠損してしまった書は、依頼主が撮《と》った写真を基にパソコンで書の止めや跳《は》ねをきれいに再現した。「お客さんは残したいと思うから、私たちに任せてくれる。一つ一つの依頼が全て特別な仕事。難しいものが来たら、大変だけど嫌《いや》じゃない」と思った。

30歳になって、パートの仕事を辞め、表具師の仕事に専念した。稼《かせ》ぎは多くないし、業界の将来に不安を感じることもあるが、取り組む価値のある仕事だと思うようになっていた。「うちの店には、国宝や大きな美術館の作品を扱《あつか》える設備や人員はないです。でも、それぞれの家庭が大切にしたいものを未来に残すことにも意義がある」

明野さんに自作の表装を任せている砺波市《となみし》の書家、開田智《かいださとる》さん（54）は「伝統を重んじる表具師が多い一方で、新しいことに挑戦《ちょうせん》してくれる人は少ない。明野さんは私の無理なリクエストにも応えてくれる」と言う。前衛的な現代書を手がける開田さんの依頼は一筋縄ではいかない。書作品を破って布と貼《は》り合わせたり、モダンな壁紙《かべがみ》を裂地代わりに使ったりする。「無理難題を言うから『こんちくしょう』って思われているかもしれない。でも今の私の作品には、欠かせない存在」と笑う。

＊

明野さんは表具の可能性を探《さぐ》ろうと、新しいことにもチャレンジしている。スマートフォンやデジタルカメラで撮影《さつえい》した写真を薄《うす》い和紙に印刷し、掛け軸に仕立てる提案を始めた。和紙と布を組み合わせた掛け軸であれば光を通すため、飾る場所次第で異なった風合いを楽しめる。以前から温めていたアイデアで、異業種交流会で知り合った印刷会社の力を借りて形にした。

インスタグラムで発信もするし、昨年は地元のデザイン会社と協力し、店の歴史と仕事を紹介《しょうかい》する企画展《きかくてん》を開いた。息子は高校3年生になり、もう手が掛からない。本腰を入れて、表具師の存在意義を伝えようとしている。

表具の仕事は文化や歴史、思い出を残すこと。新しい挑戦は表具という仕事自体を残すことになるかもしれない。「30代後半くらいから、図太《ずぶと》くなった気がします。人目を気にせず、頑張《がんば》れるようになった」。一幅《いっぷく》の掛け軸に今の感性を吹き込む。世界から床の間がなくなっても残るものがあると信じている。

（2020年5月1日掲載《けいさい》）

掛け軸が誕生したのは中国。礼拝のために重い仏像を移動させるのは大変だからと、代わりに仏画を丸めて箱に入れて持ち運んだらしい。飛鳥時代に日本に輸入され、水墨画《すいぼくが》の発展と共に日本独自のものに変化していった。茶道で欠かせない存在になり、明治時代になって一般《いっぱん》の家庭にも浸透《しんとう》した。礼拝用の道具が暮らしを彩《いろど》る美術品に変わっていったわけだ。

明野さんの仕事はこの歴史の延長線上にある。家から床の間が消えていく現代では、表具業界は確かに逆風の中にある。ただ、うずくまっているわけではない。

最近、表具の仕事をPRするパンフレットを作った。スマホの写真を掛け軸にしたり、帯を屏風にあしらったりした自身の仕事を紹介している。「一点一点違《ちが》うから難しい。だから面白い」という明野さんの挑戦だ。

第一人者へダイブ

高さ27メートルへの挑戦《ちょうせん》

14

恐怖心《きょうふしん》をどう克服《こくふく》するか。それが飛び込《こ》み競技の演技のカギとなる。多くの人は高さ10メートルの飛び込み台の上に立てば筋肉をこわばらせ、体をぎこちなく丸めてしまうだろう。飛び込みの選手たちは、その反対の動きを目指す。空中で美しく回転し、しなやかに体を伸《の》ばして着水しようとする。

荒田恭兵《あらたきょうへい》さん（24）＝高岡市＝はもっと高い飛び込み台から飛ぶハイダイビングに取り組む。ハイダイビングは２０１３年に世界水泳選手権から公式種目に追加された。水面から27メートルという飛び込み台の高さは、９階建てのビルと同じ。そこから見下ろす風景は、通常の飛び込み競技とまるで違う。観衆の姿は小さく、水面のきらめきは遠い。プールに着水するまでは3秒足らず。入水時のスピードは時速１００キロ近い。「体感的にはあっという間ですよ」。危険が伴《ともな》う競技に挑戦するのは、日本人では荒田さん１人だ。

今は新型コロナウイルスの感染拡大で、大会出場どころか、練習もままならなくなった。20年3月下旬《げじゅん》以降はプールを使った練習ができていない。6月に中国で予定されていた合宿もキャンセルになった。

最近の練習場所は自宅近くの公園。体操用のマットを使い、飛び出しと空中の姿勢を確認する。住宅街の中にある公園だから、通行人の目もあるが、「集中していたらあんまり気にならないです。でも、早くプールで練習したいです」と悔《くや》しがる。

＊

少年時代は仮面ライダーに憧《あこが》れて、空手教室に通った。しかし、記憶《きおく》に残るような成績を残せなかった。友人より昇級《しょうきゅう》も遅《おそ》い。小学4年生になると、週に1度の練習に行くのが嫌《いや》になった。何か違うことをやりたくなった。できれば他の人と違うことがやりたかった。

母が1枚のチラシを見せてくれた。飛び込みの体験教室の案内だった。飛び込み選手の空中でクルクルと回るアクロバティックな演技は、仮面ライダーのように思えた。

夏休みに隔日《かくじつ》で開かれた教室は充実《じゅうじつ》していた。最初は高さ1メートルの飛び込み台からまっすぐ飛び降りる練習をした。うまくできるようになると、空中で膝《ひざ》を触《さわ》ったり、抱《かか》えたりして飛び込んだ。空手よりも上達を実感できた。すぐに飽《あ》き足らなくなり、宙返りがしたいとコーチに申し出た。最初は形にならなかったが、何度かやるうちに空中で1回転できた。それが気持ちよかった。高岡スイミングクラブで飛び込みを始めることにした。飛び込みはメジャーなスポーツではない。「人と違うことをやれば目立てる」という打算もあった。

小学校6年生で初めて全国大会に出場した。結果は振《ふ》るわなかったが、小学校の全校集会で担任の教諭《きょうゆ》がスクリーンに大会中の写真を映し出して紹介《しょうかい》してくれた。友達がはやし立てて恥《は》ずかしかったけれど、誇《ほこ》らしかった。

＊

学年が上がるにつれ、飛び込み台も演技を構成する技の難易度も高くなった。うまくできず、練習が嫌になることもあった。プールに行ったふりをして、さぼることも増えた。

転機は中学3年生。国体に出場できる年齢《ねんれい》になった。国体は大舞台《おおぶたい》だ。出場に憧れた。しかし、コーチに求められる技ができなかった。飛び込み選手の間では、飛び込み台に立っても踏《ふ》み出せない状態を「粘《ねば》る」と表現する。荒田さんも粘りに粘った。何回も粘った。

飛んで出場を認めてもらうか。諦《あきら》めて見送るか。国体に出たい気持ちが恐怖に勝った。予選大会出場の申し込み日の早朝にも特別に練習を受け、なんとかものにした。結局、初めて出場した国体では10位になった。もう少しで入賞できる順位だった。

クラブのコーチ、坂田芳寛《さかたよしひろ》さん（48）＝高岡市＝は「センスや身体能力が抜群《ばつぐん》という選手ではなかった。でも、はまるとすごいんですよね。国体からは一気に伸びた」と話す。高校ではインターハイやジュニアオリンピックでも表彰台《ひょうしょうだい》に上り、学生アスリートの精鋭《せいえい》が集う日本体育大の推薦《すいせん》入学を勝ち取った。

大学の水泳部で飛び込みに取り組む同級生は他に3人いた。皆《みな》、国際大会の経験がある格上の存在だった。同年代の実力者がそばにいるのは刺激《しげき》になった。富山には同じ年齢の男性選手はいなかった。大学では「一番下なんだから死ぬ気でやらないと」と、練習漬《づ》けの毎日を送った。4年生で国体の成年男子高飛び込みで3位に入賞。日本選手権のシンクロ高飛び込みでは優勝した。「ずっと続けてきて良かった」と心底思った。

水泳部で同級生だった長谷川英治《はせがわえいじ》さん（24）＝長野市＝は「恭兵はフットワークが軽い。いろんな選手やコーチにアドバイスをもらうことをいとわない。自主練も熱心で、僕《ぼく》も負けられないと頑張《がんば》れた」と言う。

飛び込みは競技人口が少ないマイナー競技だ。五輪出場経験でもない限り、卒業後の所属先として企業《きぎょう》から声がかかる可能性は低い。将来に迷っていたところ、頭に浮《う》かんだのがハイダイビングの存在だった。ネットの動画に触《ふ》れ、関心があった。塔《とう》のようにそびえる飛び込み台から、身一つで水中に飛び込む。スリリングな演技が目に焼き付いていた。16年に国内で大会があったが、日本人選手は出ていない。「今やれば第一人者になれる」。目立ちたがり屋の心がうずいた。

*

18年の大学卒業後は横浜《よこはま》のスポーツジムでトレーナーとして働きながら、大会出場の機会を狙《ねら》ってトレーニングを続けた。大会主催者《しゅさいしゃ》との縁《えん》ができ、オーストリアであったハイダイビングの合宿に参加した。初めて飛び込み台のてっぺんに立った時の感覚は忘《わす》れられない。手に汗《あせ》をかき、体がこわばった。

通常の飛び込みに比べ、ハイダイビングは1回の練習の重みが違う。飛び込みなら1日50本飛べるが、ハイダイビングは体への負担が大きく、10本がせいぜい。体を休めるためにも連日練習することはできない。一つ一つの動きに集中し、空中での感覚や着水時の衝撃《しょうげき》の減らし方を体得した。

合宿で認められ、アラブ首長国連邦《れんぽう》のアブダビで開催《かいさい》されたW杯《ワールドカップ》に出た。世界各国から30人が出場。競技人口自体が少ないとはいえ、経験が豊富な選手ばかりだった。大会では2日間で4本飛ぶが、2日目の1本目で着水に失敗し、膝《ひざ》を痛めた。医療《いりょう》スタッフから最後の演技を棄権《きけん》するよう勧められたが、押し切った。「初めての国際大会で、初めての試合。一生で一番の痩《や》せ我慢《がまん》だった」と振《ふ》り返る。満足いく演技ではなかったが、なんとか4本目も飛んだ。結果は最下位だった。「悔《くや》しかったけれど、ここから上がっていく手応えもあった」

今年に入って高岡の実家に戻《もど》った。金沢《かなざわ》に新しい屋内プールができ、冬場でも練習できる環境《かんきょう》が整ったためだ。自分が育ったクラブで、子どもたちに飛び込みを教えながら、再びハイダイビングに挑《いど》む機会をうかがっている。

19年はけがでハイダイビングの大会には出られなかった。だから公式の試合に出たのはまだ1回だけ。国内に高さ27メートルの練習場所はなく、コーチも競《きそ》い合うライバルもいない。荒田さんにとってハイダイビングは恐怖心だけでなく、孤独《こどく》との戦いでもある。「誰《だれ》も選ばなかった新しい道だから、難しいのは仕方ない。仮面ライダーだって飛んでない高さですよ」と明るい。

今、目標にするのは1年延期《えんき》となって、22年に開かれる世界水泳選手権福岡大会。そこで活躍《かつやく》して目立とうと思っている。そして、ハイダイビングへの注目を集める。

（2020年6月1日掲載《けいさい》）

「虹《にじ》」に掲載《けいさい》後、荒田さんはさまざまなメディアに引っ張りだこになった。ダウンタウンの浜田雅功《はまだまさとし》さんが司会を務める「ジャンクSPORTS《スポーツ》」というバラエティー番組にもゲスト出演した。その回のテーマは「美ボディ」。確かに荒田さんの体には一切無駄《むだ》がない。

番組では、世界で活躍するウォーターアスリートに囲まれ、体をいじめ抜く姿を紹介した。バランスボールに乗りながら筋トレする荒田さんは「とんでもない変態」と出演者に驚《おどろ》かれていた。高さ27メートルから飛び込むという命懸《いのちが》けの挑戦については、あの浜田さんからも「お母さんは何て言うてるの」と心配されていた。

荒田さんの夢はハイダイビングの第一人者として競技を広めること。愛嬌《あいきょう》たっぷりで気取らない荒田さんならできると思う。でも、どうか体は大切に。

15

胃がない美《び》魔《ま》女《じょ》

がんを乗り越《こ》えた笑いじわ

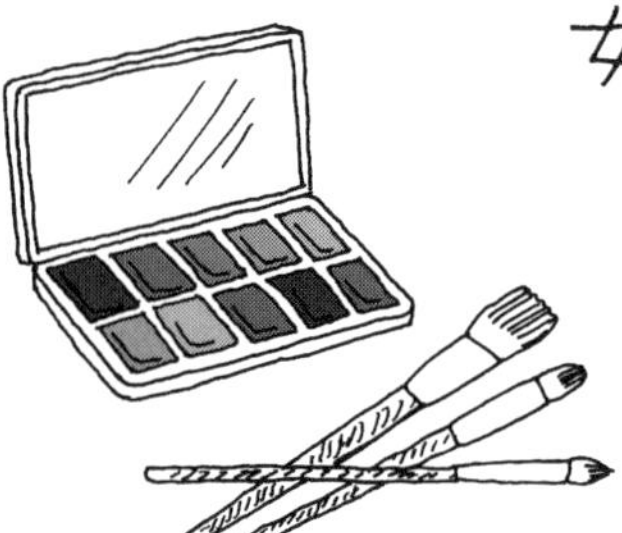

美魔女。年齢《ねんれい》を感じさせない美しさを誇《ほこ》る40代以上の女性は、いつからかそう呼《よ》ばれるようになった。美魔女という言葉を世の中に発信したのは、美容雑誌『美ST《ビスト》』（光文社）だ。２００９年の創刊時から美魔女を前面に打ち出し、「国民的美魔女コンテスト」を開く。上位進出者は誌面を華《はな》やかに彩《いろど》る。

浜木真紀子《はまきまきこ》さん（46）＝高岡市＝もその1人だ。雑誌を広げれば、私服のコーディネートや、透明感《とうめいかん》ある肌《はだ》に仕上げるファンデーションの使い方を紹介《しょうかい》している。

何があっても前向き。そんな浜木さんの信条を凝縮《ぎょうしゅく》し、編集者には「ポジティ美魔女」という愛称《あいしょう》を付けられた。色白の整った顔立ちは、笑顔を絶やさない。「いつも笑っているから笑いじわができちゃった」と早口で言う。

普段《ふだん》は保険の代理店を経営しながら、家事もこなす。そして毎月1、2回、撮影《さつえい》のため上京する。「観光客気分。慣れないことをしている違和感《いわかん》もあるけど、楽しんでいます」と言う。終始明るい表情を見せるが、浜木さんには胃がない。胃がんを患《わずら》い、全て摘出《てきしゅつ》した。

＊

保険会社に勤め、朝から晩まで働く日々だった。女性だけの会社を設立するのが夢で、起業の準備を進めていた。「大変な状況《じょうきょう》にいる女性が相談しやすいのは、やっぱり女性じゃないですか」

日付が変わってから寝《ね》て、早朝に起きる。昼ご飯を食べないこともしょっちゅう。営業成績が上がるのなら、休憩《きゅうけい》の時間がないことなんてどうでも良かった。

2010年の年末、急に胃が痛み始めた。仕事のストレスだと思い込《こ》もうとしたが、どうしても耐《た》えきれない。地元の総合病院に予約もなしに駆《か》け込み、胃カメラを飲み込んだ。診察《しんさつ》後すぐに車を運転したかったから、麻酔は断った。痛みに耐えながら、医師の様子を眺《なが》めていると、何か異変に気付いた様子だった。同僚《どうりょう》を呼び、意見を求めている。悪い予感がした。検査が終わると「良くない結果をお知らせすることになるかもしれません。次は家族と来てほしい」と告げられた。看護師が暗い表情をしている。「ドラマで見た場面」と思った。その後、どうやって家に帰ったか覚えていない。

年が明けると、ステージⅡBの胃がんという結果を知らされた。正しく治療《ちりよう》すれば、助かる可能性の方が大きい。それでも、死を意識せざるを得なかった。浜木さんが小学生の頃《ころ》に、年の離《はな》れた姉が若くしてがんで亡くなっていた。横たわる姉の姿が浮かんでいる。「もしかして自分も」と思わずにはいられなかった。

検査を受けた病院では、お腹を2カ所切る手術が必要だと言われた。しかし、浜木さんは銭湯が好きだった。お腹に傷が残れば、意図せずして他の客の視線が集まる。浜木さんもそんな人がいたら目で追ってきた。生き残っても、楽しみを奪《うば》われた人生は嫌《いや》だ。「生きるか死ぬかというギリギリのところで悩《なや》んでいる人にはぜいたくに思われるかもしれないけれど、どうしてもできなかった」

どうにか体を傷つけずに済む治療を受けたかった。幸い、東京に浜木さんの思いに応えられる病院があった。受けたのは、へそから胃を取り出す先進的な手術だった。療養《りようよう》生活は1年半続いた。胃と共に一度取り出した内臓を正しい位置に戻《もど》すため、リハビリでは歩くことを求められた。一歩踏《ふ》み出すごとに激痛が走る。病院内を歩くのも大変なのに、許可を取って外出もした。

アイシャドーやチークを塗《ぬ》って、スカートを履《は》いた。それだけなのに、がんばれた。ショッピングモールの鏡や窓《まど》ガラスに映る自分はすっかり痩《や》せてはいたが、生き生きしているようにも見えた。「やっぱり女性ってきれいでいたいんだな」と心底思った。

退院し、体調を取り戻した2012年。念願だった会社を作った。顧客《こきやく》に健康状態を不安に思われても困る。身近な人以外にはがんだったことを告げられなかった。

ある日、美容院で髪《かみ》を切りながら雑誌をめくっていると、「美魔女コンテスト」の模様《もよう》が紹介されていた。視線を落としていると、友人でもある美容師が「マキちゃんも出てみればいいじゃん。いいところまで行くんじゃないの？」と冗談《じようだん》めかして勧《すす》めてくれた。「私には無理」とかわした。

保険会社の勧めで一度、都内で闘病《とうびょう》生活について講演した。仕事に全力投球で自分の健康に無関心だったこと。がんを告げられた衝撃《しょうげき》。家族への感謝。リハビリ中に化粧《けしょう》をして出掛《でか》けた時の喜び。千人近い聴衆《ちょうしゅう》を前に緊張《きんちょう》しながら話した。スピーチを終えると、「背中を押《お》された」「私もがんばりたい」という感想をもらった。自分のがんの経験に共感してくれていた。がんであったことを隠《かく》す必要なんてなかった。親友の勧めに乗って、19年のコンテストに応募《おうぼ》した。病気であろうと、きれいでいたいと思ってもいい。そう伝えたかった。

＊

知らない番号からの着信があった。かけ直してみると、『美ST』の編集部だった。書類審査《しんさ》を突破《とっぱ》したという。大阪であった2次審査の会場に行くと、華やかな女性たちであふれていた。「地方から出てきた自分は場違《ばちが》い」と圧倒《あっとう》された。グループ面接で特技を尋《たず》ねられた。他の人はフラメンコを踊《おど》ったり、リンゴを片手で握《にぎ》りつぶしたりしている。浜木さんは何の用意もしていなかった。仕方なく、闘病体験を話した。明るかった空気が、張り詰《つ》めたものになった。「やっぱり場違いだったな」と諦《あきら》めた。

しかし、通過していた。ファイナリストとして、東京の審査会場に立つことになった。『美ST』編集部デスクの漢那美由紀《かんなみゆき》さん（48）＝東京都＝は浜木さんの弾《はじ》けるような笑顔が印象的だったという。「女性は40代にもなれば、健康や家族、仕事でさまざまな問題を抱《かか》えています。以前なら、それを不幸と言ったかもしれない。でも、問題を抱えていても『自分なんだ』と表現できるのが浜木さん。世代や性別を超《こ》えて、浜木さんの笑顔が共感してもらえるはず」

＊

大会は第10回の節目。ファイナリストの5人と、過去9回を代表する9人の〝レジェンド美魔女〟が参加する特別なものだった。水着審査もある。都内の大学に通う長男の宙《そら》さん（21）を誘《さそ》って水着を買いに行こうとすると、「ババアの水着なんて誰《だれ》が見たいんだよ」と言われた。

最終選考の会場は、初めてがんについて講演した会場と同じで、運命的なものを感じた。私服とドレス、黒色のビキニを着てステージに立った。お腹を切っていたら、着られない水着だった。批判的だった宙さんも客席で見守ってくれた。

浜木さんは「奇跡的《きせきてき》に与《あた》えられた2度目の人生は、支えてくれた人に感謝しながら女性として楽しんで生きたい」と入院中の写真を手にスピーチした。グランプリには届かなかったが、「チーム美魔女」の一員として、誌面に登場することになった。

編集者に勧められて始めたインスタグラムのフォロワーは2万5千人を超《こ》えた。頻《ひん》繁《ぱん》に更新《こうしん》するのは大変だが、「放っておくと、心配されちゃうんです」と笑う。

新型コロナウイルスの影響《えいきょう》で、撮影はしばらく途絶《とだ》えていたが、ようやく再開した。富山と東京。経営と美魔女。慣れ親しんだ日常と、新鮮《しんせん》な非日常が混ざり合う。戸惑《とまど》いながらも楽しんでいる。舞台《ぶたい》俳優を目指している宙さんからは「自分より先に世の中に出ちゃったね」と笑われる。

46歳《さい》という年齢《ねんれい》を意識するようになった。髪《かみ》のボリュームが減った。顔のしわも気になる。更年期《こうねんき》障害の症状《しょうじょう》も出始めた。でも、受け入れている。「そりゃ、もう若くはないですよ。でも、死ぬかもと思ったのに更年期になるまで生きられた。幸せですよね」。スリムな体を揺らし、陽気な笑い声を上げる。

（2020年7月1日掲載《けいさい》）

浜木さんは保険を販売《はんばい》する仕事をしていたが、本人はがん保険を掛けていなかった。「私には関係ない。がんになるわけがない」と根拠《こんきょ》なく思い込んでいた。しかし、たまたま親が契約《けいやく》してくれていた。それで経済的に助かったという。実感を込めて営業できるようになったと前向きだ。

浜木さんのInstagram《インスタグラム》をのぞいてみると、カツカレーやフルーツパフェなどボリュームたっぷりなものを食べる様子を紹介《しょうかい》している。胃がない人の食べっぷりとは思えないほど。いや、そもそも美魔女という肩書《かたが》きを持つ人が健啖家《けんたんか》というのも意外だ。

国立がん研究センターによると、生涯《しょうがい》でがんで死亡する確率は男性が23・9％で、女性が15・1％。長寿命《ちょうじゅみょう》化や診断《しんだん》技術の向上などもあり、がんと診断される人は多い。浜木さんが自分らしく、美しく生きていることは多くの人にとって心強いだろう。

16

オトナの猫の居場所を
古民家の保護猫カフェ

猫と遊ぶまでには、いくつかのステップがある。まずは入念な手洗いと足裏などの消毒。そして店内でのルールブックを隅々《すみずみ》まで読むこと。それが富山市中布目《なかぬのめ》の保護猫カフェ「月猫《つきねこ》カフェ」で過ごすための決まりだ。

ルールブックの冒頭《ぼうとう》にはこう書かれている。「月猫カフェは猫たちが新しいお家《うち》を見つけるために運営されている保護猫カフェです。ルールは猫主体となっております。ご理解の上、ご入場ください」

猫を驚《おどろ》かせないよう、抱《だ》き上げてはいけない。小学生以下は入れない。マスクも必《ひっ》須《す》。全てが猫のため。

月猫カフェは、２０１７年にオープンした。飼い主が何らかの事情で手放した成《せい》猫《びょう》の面倒《めんどう》を見る。カフェの客は猫と遊ぶだけでもいいが、相性が合えばトライアル期間を経て、家族の一員として迎《むか》え入れてもいい。

オーナーの田畑智真紀《たばたちまき》さん（53）は言う。「この店は必要悪《あく》。次善《じぜん》の策ですよね。

猫に出て行ってもらうためにやっている。最終的には世の中から店自体が必要とされなくなったらいい。偉《えら》いですねって言われるけど、仕方ないからやっている」。赤い作務衣《さむえ》を着こなし、口調はさばさばしている。

格子状の鉄の引き戸と古めかしいガラス戸を開けば、個性派の猫たちが待っている。毛足の長いるりはおっとりとして人懐《ひとなつ》っこい。白猫のてんきちはなぜか怒《おこ》りながら甘《あま》えてくる。茶トラのたまは最年長の19歳《さい》。エリザベスカラーを着け、悠然《ゆうぜん》としている。呼んでも近寄ってこないくせに、気付けば膝《ひざ》に乗っている。「猫は完全に依存《いそん》してこないのがいい」と田畑さんは魅力《みりょく》を語る。

利用料は1時間1200円とやや高めだが、全て猫の食費や治療《ちりょう》費、不妊《ふにん》・去勢《きょせい》手術などに使われる。田畑さん自身の収入は得ていない。「自宅からのガソリン代を考えたら、持ち出しになっちゃうかな」

＊

田畑さんがカフェを始めるきっかけは1匹の猫だ。夫が自身の職場に迷い込んだ子猫を自宅に連れ帰ってきた。一度懐《ふところ》に入った猫はいとおしい。夫が好きなバイクの名前を取ってビーノと名付けた。

1匹だけではかわいそうと、もう1匹、さらにもう1匹と飼い猫を増やしていった。「3匹くらいでやめようと思ったけど、かわいい子がいるとどうしてもね」。結局、今家には7匹の猫がいる。

猫をもらう過程で世話になったのが、保護猫の里親を探したり、子猫にミルクをやったりするボランティアだった。「好きな猫の役に立てるなら」と、自分も活動を手伝うようになった。そこで子猫と成猫の間にある〝格差〟を知った。

小さければもらい手はすぐに見つかるが、大きくなってしまうと途端《とたん》に手が上がらない。ふわふわの毛並みに愛くるしい目はやはりかわいらしい。ほかの飼い主に染まってもいない。そんな小さな猫の陰に成猫の存在は隠《かく》れていた。

「オトナにはオトナの良さもある」と田畑さんは言う。個性が見極めやすい。トイレトレーニングが終わっている。人馴《ひとな》れもしている。でも、もらい手がいない。家を失った猫は野良猫として、外に放り出される。長年、人に飼われていた猫が路地裏で生き抜《ぬ》くのはほとんど不可能だ。行政が保護しても、譲渡《じょうと》先が見つからなければ殺処分される。年々減少傾向にあるとはいえ、2019年度の富山県内では150匹《ぴき》近くが処分された。

*

子どもが猫アレルギーだったり、飼い主が施設《しせつ》に入らなければいけなくなったり。猫が手放される理由はさまざま。「困ったことは全部人間由来なんですよ。拾ってもらえると勝手に信じて猫を捨てちゃう。罪悪感を薄《うす》めるため、『値段が高かったから大丈夫《だいじょうぶ》』とか『見た目がかわいい』って、自分を納得させるんです。無責任ですよ」。田畑さんは怒りを隠さない。

人間の事情で取り残されたオトナの猫たちの家が必要だった。そこで目を付けたのが、全国で広まりつつあった「保護猫カフェ」というシステムだ。猫の殺処分を減らすため、捨て猫や元《もと》野良猫と、新たな飼い主候補が出会う取り組みとして注目されていた。

成猫の保護猫カフェを自身で開くことにした。当時の田畑さんは夫の仕事を手伝っていたが、勤務日を減らせば両立できそうだった。

賃貸ではなく、中古の分譲《ぶんじよう》住宅を探した。もし賃貸であれば、家主《やぬし》の意向次第で猫が追い出される可能性もある。そうすれば再び猫たちが居場所を失ってしまう。

富山市の郊外《こうがい》で古民家を見つけた。元々は診療《しんりよう》所と住宅が併設《へいせつ》されたものだった。築100年以上で価格は120万円程度。手入れが行き届いていたのか、状態も良かった。広い洋室を備え、モダンな雰囲気もあり、景石《けいせき》や松を配した風格ある広い庭が気に入った。長持ちや和ダンスなど、家にある古道具と取り合わせても見栄えがした。

月猫カフェという優美な響《ひび》きの名前は、店がある月岡《つきおか》地区にちなんだ。

金土日だけの営業で、保護する猫は15匹程度まで。うまくマッチングして卒業すれば、また別の猫を預かる。誰にでも譲渡するわけではない。室内で飼う。定期的にワクチンを受けさせる。死ぬまで面倒《めんどう》を見る。この三つを守れることを条件に譲渡する。65歳以上、そして独り身の人は断っている。「何かあったら、困るのは猫だから」

夫の宗紀《むねのり》さん(47)の存在が心強かった。猫カフェにも天井や鴨居《かもい》に猫が遊ぶキャットウオークを取り付けてくれた。床の間には、月猫カフェという名前をモチーフに、三日月型の飾りも手作りしてくれた。「猫にとって人間と暮らすことは一番じゃないかもしれない。でも、道端《みちばた》でのたれ死ぬのが幸せな人生というか、〝猫生《ねこ》〟なわけはない」

＊

幸い、田畑さんの取り組みは評判を呼び、客には恵まれた。毎週のように通う人もいる。富山市の上野《うわの》むつ子さん（70）はバスを乗り継《つ》いでやって来る。2時間近くかかるが、猫と会えるならかまわない。3年前に飼い猫が死んで、また新たな猫が欲しいとも思ったが、年齢を意識して諦《あきら》めた。代わりに月猫カフェで本を読んだり、猫を眺《なが》めたりして休日を過ごす。「全然飽《あ》きないの。好きになるだけ」

5歳になる猫を引き取った同市の坂井進哉《さかいしんや》さん（40）も定期的に訪れる。「理念に共感したのが一番。もらった猫に気になることがあったら、アドバイスしてもらえるから安心なんですよ」と話す。

ボランティアとして、猫の通院や餌《えさ》やり、庭の草むしりをしてくれる人もいる。「猫の魔力《まりよく》。みんな操《あやつ》られていますね」と田畑さんは笑う。

保護する猫たちへの態度はそっけない。必要な世話をする以外、なるべく店の猫と関わらないようにする。感情移入し過ぎない。「私は保育所の先生みたいなもの。店にいる猫たちはここで一時的に預かっているだけ。構ってしまうと情が移ってしまう」

これまで50匹を新たな家に送り出した。カフェの玄関《げんかん》には「卒業証書」と称《しょう》して、里親に恵まれた猫の写真を飾《かざ》っている。「猫にまつわる身勝手な相談を受けていたら、滅入《めい》ってしまうこともある。でも、この卒業証書を見ていたら、あの子たちには新しいお家が見つかったってなぐさめられるんです」。写真の中のふてぶてしくも愛らしい猫たちの姿は田畑さんの勲章《くんしょう》だ。

（2020年8月1日掲載《けいさい》）

月猫カフェで暮らす猫たちはYouTuber《ユーチユーバー》でもある。ブラッシングされたり、水遊びする様子を愛猫家たちに伝えている。顔立ちも性格もそれぞれの猫たちは、なかなか店に足を運べない人たちもオンラインで癒《い》やしてくれる。カフェはコロナ禍《か》で営業時間を短縮し、座席数を減らしているが、その愛らしい様子を見て、寄付してくれる人もいるという。かわいいって強い。

行き場を失った猫たちを保護する月猫カフェだが、無理に猫を引き取ってもらおうとはしない。カフェを卒業した後も、猫が安心して暮らせることが重要だからだ。猫の一生を見届けるには、それなりの覚悟《かくご》と準備が必要。「かわいい」と思う気持ちだけでは続かない。

17

ブルーベリーで
広がる未来

今度は自分が舞《ぶ》台《たい》に立つ

ブルーベリーの果実は直径2センチにも満たない。しかし、紺色《こんいろ》の実を頬張《ほおば》れば口いっぱいに甘《あま》さと酸味が広がる。特に採れたてはみずみずしい。小さな一粒《つぶ》は力強い。

ブルーベリーは夏が本番。収穫《しゅうかく》を体験できる魚津《うおづ》市の観光農園「むかいさんちの農園」では、コロナ禍《か》にあっても多くの家族連れが鈴《すず》なりになった実を摘《つ》み取った。農園からは遊園地の観覧車と富山湾《とやまわん》が見える。ゆったりとした時間が流れている。

素人目《しろうとめ》には違《ちが》いが分からないが、農園では30品種が栽培《さいばい》されている。園主の向中野《むかいなかの》芳和《よしかず》さん（41）は、完熟した実を見極めるポイントや品種による味の違いを来場者に説明する。「よくお薦《すす》めの品種を尋《たず》ねられますが、それぞれ持ち味が違います。実際に食べて好きなものを見つけてほしいですね」と話す。

農園を始めたのは２０１７年。毎年、猛暑《もうしょ》や長雨、強風など異なる天候に右往左往させられる。「農業を始めてから、空模様には敏感《びんかん》になりました。テレビの天気予報で伝える前から台風の進路を気にしています」。２０２０年は日照不足で梅雨明けも遅《おそ》かった。さらに新型コロナウイルス感染症《かんせんしょう》の拡大で、予約制に変更するなど対応を迫《せま》られた。「毎年いろんなことがありますね。今年は皆《みな》さん、密にならない場所を探していたから特に喜んでもらえたようです」と胸を張る。

＊

父親は料理人で、母親はパート勤め。家は農業とは縁《えん》が薄《うす》かった。初めて農作物を育てたのは、小学校の高学年の時だった。文科省指定の勤労生産学習で野菜を作ったことは、今もはっきり記憶《きおく》している。交代で水をやり、育てたトマトやジャガイモを秋の収穫祭で食べた。「中高の記憶はぼんやりとしているんですけど、その小学校の農業体験は鮮明《せんめい》に覚えているんですよね」

向中野さんは1979年生まれ。ロボットアニメの「ガンダム」シリーズが始まった年で、自身も熱心なファンだった。ガンダムを覆《おお》う架空《かくう》の金属「ガンダリウム合金」を実際に生み出してみたいと、富山大の工学部に進んだ。

若者の心は移ろいやすい。化学物質による環境汚染《おせん》を告発したレイチェル・カーソンの著書『沈黙《ちんもく》の春』の影響《えいきょう》から、農業への関心を深め、架空の物質への興味は失った。結局、生物科学を専攻《せんこう》した。就職は農業法人を考えたが、当時はまだ少なく、求人もしていなかった。食品業界にも視野を広げたが、長引く不況《ふきょう》のせいで門戸は狭《せま》かった。希望した会社には受からず、留年を決めた。

テレビゲームばかりしていた自分に比べ、学生寮《りょう》で一緒《いっしょ》に暮らす仲間は頼《たの》もしかった。やりたいことがしっかりとある。登山家や研究者を志す人がいれば、政治運動に熱心な人もいた。向中野さんは引け目を感じて悶々《もんもん》とした。思い立ったのはワーキングホリデー制度を利用し、農業の先進地のオーストラリアを旅することだった。

半年掛《か》けてシドニーからケアンズへ北上した。現地の農場でも働いた。初めて出会った人たちと語り合いながら、異国を旅することは楽しかった。しかし、ある日急に不安になった。旅はあくまでも非日常。将来が決まっていない浮《う》かれた日々は、ただの現実逃避《とうひ》だ。「こんなにフワフワしていて大丈夫《だいじょうぶ》なのか」。怖《こわ》くなって旅を切り上げ、日本に戻《もど》った。非日常を過ごした反動で、日常の大切さを意識した。生まれ育った魚津市の職員になった。「住民の縁の下の力持ちになって日常を支えたい」と思った。

＊

市役所で就いた広報係の仕事では、地元で様々な活動をする人を取材した。音楽イベントの主催者《しゆさいしや》、アスリート、害獣《がいじゆう》から里山を守る猟師《りようし》、蘭《らん》を育てる名人。それぞれが何かの当事者として生き生きとしていた。大学の時にまぶしく見上げた寮の仲間のようだった。

福祉《ふくし》関係の業務に担当が変わっても、取材で出会った人たちの存在が頭から離《はな》れなかった。支援《しえん》する側ではなく、舞台《ぶたい》に立つプレーヤーの側に回りたいという思いがいつしか芽生えていた。ずっと心の片隅《かたすみ》にあった農業に挑戦《ちようせん》したくなった。幸い、妻の真理子《まりこ》さん（40）は背中を押《お》してくれた。「私もアロマセラピストという好きな仕事をやらせてもらっている。人生は一度きり。夫にも好きなことやってもらいたかった」

9年勤めた市役所を辞めた。何かあてがあったわけでもない。上司には「食っていけるのか」と反対されたが、根拠《こんきょ》のない自信だけはあった。親には市役所を辞めた後、報告してあきれられた。

向中野さんが暮らす魚津は、ブドウやリンゴなど果樹栽培が盛んだ。やるなら果物という直感があった。ブルーベリー農園を開く決め手になったのは長男の芳成《よしなり》君（10）の存在。愛知県の農園に視察がてら連れていったところ、果実を摘みながら弾《はじ》けるような笑顔を見せてくれた。

魚津には収穫体験を主軸《しゅじく》にした果樹園はまだなかった。ブルーベリーの果樹の背丈《せたけ》は低く、子どもでも簡単に実に手が届く。最盛期は夏休みに重なり、家族連れに喜んでもらえる。果樹と一緒に、小さな息子が成長するイメージが見えた。「果樹を植えることは土地にしっかり根付くこと。地域の当事者になれる」と考えた。

目標が決まってからは忙《いそが》しかった。県果樹研究センターで農業のいろはを学んだ。生活のため地元のホテルでアルバイトをした。農園の土地を借りたり、資材を組み立てたりと開設準備もこなした。さらに妻が次男の芳樹《よしき》ちゃん（4）を身ごもるというタイミングでもあった。勉強に仕事、育児と休む時間はなかったが、充実《じゅうじつ》していた。

＊

先行するブルーベリー農園でも研修した。氷見市《ひみし》の上野達也《うえのたつや》さん（50）が営む農園だった。上野さんは富山県内のブルーベリー農家では第一人者のひとり。安定している大手旅行代理店を辞めて、新規就農した人物だった。向中野さんにとって、サラリーマンから農業に転向した生き方はロールモデルだった。

上野さんの目から見て、向中野さんは熱心な青年だった。作業を手伝いながら質問を繰《く》り出し、いつもメモを取っていた。上野さんが「師匠《ししょう》なんて呼ぶな。せいぜい先《せん》輩《ぱい》」と言っても、向中野さんは「師匠」と慕《した》った。

「彼《かれ》はいつも考えながらやっていて勉強家。逆に教わることも多かった」と言う。勤め人だったことに触《ふ》れ「自分のちょっと前の姿を見ている気もする。農業をやるというのは地域に育ててもらい、地域を育てるということ。行政の経験も役に立つと思う」とエールを送る。

「むかいさんちの農園」という名称《めいしょう》は、長い名字を縮めて、幼い頃《ころ》からの愛称《あいしょう》である「むかい」を盛《も》り込《こ》んだ。地下水に恵まれた場所にあり、肥料を減らし、環境に優しい栽培を心掛ける。果樹の間を広くして、車椅子でも利用しやすくした。オープン時には来場者に苗木《なえぎ》を植え付けてもらった。鉢《はち》には記念に参加者のネームプレートを貼《は》った。新しい農園とブルーベリーの果樹に愛着を感じてもらいたかった。

市役所を辞めた後ろめたさがあったが、かつての同僚たちは農園を生かしたイベントを持ち掛けてくれる。毎年来てくれる常連客もいる。近くの和菓子《わがし》店やカフェなど、農園のブルーベリーを使ってくれる店も少しずつ増えた。小さなことの積み重ねだが、

「プレーヤー」として地元に貢献《こうけん》できている気がする。

うれしいのは、農園を手伝う子どもたちの成長だ。ブルーベリーの特徴《とくちょう》を覚え、お客さんに説明してくれる。あいさつもしっかりしてきた。「僕《ぼく》よりも人気者。長男はいつか俺《おれ》が継《つ》ぐって言ってくれている」と笑う。次のプレーヤーの存在が心強い。

(2020年9月1日掲載《けいさい》)

夏の土曜日に農園を訪《おとず》れると、向中野さんの2人の息子さんたちが接客を手伝っていた。紺色《こんいろ》の、いやブルーベリー色のTシャツがよく似合っていた。2人の成長を楽しみにしている常連客も多いとか。

向中野さんの妻、真理子さんによると、どうしてもブルーベリーをイメージさせる服を子どもに買ってしまうという。一家で農園を支えようとしている気持ちの表れだろう。向中野さんも心強いはず。

取材に行くたびに農園のブリーベリーを買って帰った。生のブルーベリーはうまい。朝食のヨーグルトと合わせるのが楽しみだった。ブルーベリーはジャムや冷凍《れいとう》のものも便利でおいしいけれど、採れたての爽《さわ》やかな甘《あま》みと弾《はじ》けるような食感は採れたてのものでないと味わえない。

ブルーベリーのシーズンは夏。熱い太陽が待ち遠しい。

18

冒《ぼう》険《けん》はいくつからでも

路地裏の子どものための古本屋

17世紀のパンデミック下で生きる人々のありようを、名著『ペストの記憶《きおく》』は描《えが》いた。コロナ禍《か》にある現代でも読み直そうとする熱が高まっている。イギリスの作家、ダニエル・デフォーの筆による。

デフォーの代表作はまだある。子どもにも愛される『ロビンソン・クルーソー』だ。絶海の孤島《ことう》でサバイバル生活を送る男の物語を、幼い頃《ころ》の田中史子《たなかふみこ》さん（65）＝富山市＝は愛読した。「ワクワクするような冒険物語が昔から好きなんです。今もそういうところがあるかもしれない」。総曲輪《そうがわ》通りの脇《わき》に入った路地裏で、田中さんはデフォーの名前を冠《かん》し、子どもの本専門の古本屋を営む。2015年に60歳《さい》でオープンした。民芸品店やアートギャラリーなど近隣《きんりん》の店に比べ、子どもを連れた母親の姿が目立つ。

棚《たな》に並ぶ本は「日本のむかし話絵本」「伝記」「自然科学の本」などと丁寧《ていねい》にジャンル分けしてある。通りから見えるスペースでは、毎月テーマを決めて本をディスプレーする。9月は子どもと大人の関係を描いた本を飾《かざ》った。「どうやったら本に興味をもってもらえるか。考えるのが楽しいんですよ」

田中さんは元々図書館の司書だった。本同士を関連付けて、魅力《みりょく》や内容を分かりやすく提示するのはお手の物だ。同じ通りで古本屋を営む石橋奨《いしばしすすむ》さん（47）は「僕には田中さんのような並べ方はできない。東京の神保町《じんぼうちょう》も古書店《こしょてん》が集まっているから魅力的に映る。タイプの違《ちが》うお店が近くにあると相乗効果があっていいですね」と話す。

＊

田中さんは小さい頃から本の虫だった。公務員の父は出張のたびに、三越《みつこし》の包装紙に包まれたお土産を買ってきてくれた。おもちゃよりも、本がうれしかった。今も記《き》憶《おく》に焼き付いているのがスイス人作家、ゼリーナ・ヘンツが書いた『ウルスリのすず』だった。祭りの行列の先頭に立つために、大きな鈴《すず》を手に入れようとする男の子の冒険物語だった。一度なくしたが、再び手に入れるほどのお気に入りの一冊になった。

小学生になると挿絵《さしえ》のない物語も読んだ。本がなければ薬の効能書きまで読んだ。テスト時間中も答案を書き終えると、机から本を取り出して怒《おこ》られた。「本さえあれば友達もいらなかった」と振《ふ》り返る。

司書という仕事を強く意識したのは、富山大に入って将来を考えるようになってから。当時は富山市立図書館が富山城址《とやまじょうし》公園内にオープンしたばかりだった。大学の先輩《せんぱい》たちが司書の資格を取り、続々と就職していた。富山大では司書養成科目が開講されておらず、通信教育で田中さんも勉強した。

就職は往々にして運に左右される。田中さんが就職活動した年、毎年定期的には採用していない県立図書館が司書を募集《ぼしゅう》していた。幸いにも採用された。

図書館の仕事は資料と人とを結び付ける仕事だ。棚づくりも選書も重要だが、田中さんはカウンター業務が好きだった。「地域の神社の由来を知りたい」「校区の人口の推移は？」。利用者の質問を聞き取り、必要な資料を探すのが楽しかった。

現在の射水市《いみずし》中央図書館にあたる小杉町《こすぎまち》図書館の新館の開設準備にも携《たずさ》わった。ボランティアグループの立ち上げを担当し、児童サービスや子どもの本について知る機会に恵《めぐ》まれた。特に経験豊富な読み聞かせのボランティアから得るものは大きかった。年齢《ねんれい》や発達段階に応じた本の選び方を深く学んだ。子どもは大人が思う以上に自然科学系の図鑑《ずかん》を好む子どもがいることも肌《はだ》で感じた。

＊

図書館の仕事はやりがいがあったが、ある時期からうまく仕事を采配《さいはい》できないことに悩《なや》んでいた。結局、定年まで3年を残して依願《いがん》退職した。当時について多くは語らない。言葉少なに「私は上司としてはだめでしたね」と振り返る。

少し早めのリタイア生活は、それなりに充実《じゅうじつ》していた。「積ん読」状態だった本の山を崩《くず》した。東京で観劇したり、美術館に行ったりもした。図書館で働いていた頃から、理想にしていた生活だった。しかし途中《とちゅう》から物足りなく感じるようにもなった。

2年ほどして、在職中にぼんやりと考えていたアイデアを形にしようと思い立った。子ども向けの本の専門店を開く憧《あこが》れがあった。計画というよりも、空想に近かったかもしれない。もうかる見込《みこ》みも、もうけるつもりもない。ただ新しい何かを始めたかった。このとき59歳になっていた。作家のデフォーが『ロビンソン・クルーソー』を発表した年齢だった。

いざ実行しようとすると、気になることがあった。子ども向けの本の多くが1500円を超《こ》える。子育て世代の人たちが何冊も買える金額ではなかった。そこで考えついたのが、古本屋の開業だった。「子どもの本はいつか卒業するもの。家庭に眠《ねむ》っているものがたくさんあるはず」。買い取り価格は10円に決めた。安く仕入れて、手頃《てごろ》な値段で次の読者に橋渡《はしわた》ししようとした。

商工会議所に相談に行った。開業のノウハウを聞く中で「実際に古書店でバイトしてみてはどうか」とアドバイスを受けた。大手の古書チェーン店で面接を受けると、あっけなく落ちた。司書の経験を買ってもらえると思っていたので意外だった。「労働市場では価値がないって判断されたんですね」と苦笑いする。他店で学ぶのは諦《あきら》めて、手探《てさぐ》りで店を始めることにした。

＊

総曲輪の路地裏で空《あ》き店舗《てんぽ》を借りた。街のにぎわいと、割安な家賃が魅力だった。店の2階には、ギャラリーを設けた。本を購入《こうにゅう》するつもりがなくても、気軽に人が集《つど》える場所にしたかった。ギャラリーには、ドイツ語で「朝」を意味する「もるげん」という名前を付けた。田中さんが尊敬するドイツ児童文学の翻訳家《ほんやくか》、松沢《まつざわ》あさかさん（87）＝高岡市＝の名前にちなんだ。

松沢さんはドイツの児童文学や物語を日本に紹介《しょうかい》してきた人物。田中さんとは読書会などで縁《えん》があり、開業にあたって援助《えんじょ》もしてくれた。「田中さんの年齢での開業は大冒険でしょう。私と道は違うけど、子どものためという気持ちは、同じだと思いました」

ギャラリーの初めての展示では、松沢さんの訳業の全てを紹介した。この会場に足を運んだのが、アフリカ文学研究者の村田《むらた》はるせさん（57）＝立山町《たてやままち》＝だった。たまたま店の近くを通って、店内の様子が気になったという。ふと、自身が収集してきたアフリカの絵本コレクションを展示したいと田中さんに持ち掛《か》けた。田中さんはアフリカの絵本の色彩《しきさい》と力強さに感嘆《かんたん》した。

展示は好評だった。絵本の内容を紹介するパネルや展示リストの作成など、田中さんのアイデアも光った。出張ついでに店に訪れた来場者から、県外での展示も持ちかけられた。縁は縁をつなぐ。大阪で展示した際に、編集者が村田さんの仕事に関心を持った。村田さんは翻訳を手掛けたアフリカの作家の本を出版してもらえることになった。「全て田中さんありき。いろいろなつながりを頂きました」と感謝する。

経営には浮《う》き沈《しず》みがある。２０２０年は新型コロナウイルスの影響《えいきょう》で４、５月はほとんど休んだ。8月も気温が高かったせいか、客足は伸《の》びなかった。田中さんは「どうにかこうにかという感じ」と笑う。

スマートフォンの影響などで、子どもの読書離《ばな》れが進んでいるのが気がかりだ。「本は子どもに強制するものじゃない。でも、私は本がいいものだと知っている。お店をやっているのも結局本が好きだったから」と言う。一冊の本が運命を変えることがある。デフォーで本を手にした子どもが新しい世界と出合うかもしれない。田中さんの大冒険の始まりにも本があった。

（2020年10月1日掲載《けいさい》）

田中さんは本への愛情が深く、語り出すと止まらない。小説の話題になると、作家の名前や本のタイトルが次々と口から流れ出し、取材がどんどん脱線《だっせん》していった。楽しい時間だった。本の虫とはこういう人のことを言うのだと心底思った。

新刊書店でも古書店でも棚を眺《なが》めていると、選書や並べ方で担当者のセンスやこだわりを感じることがある。本が好きな書店員がいるかどうかはなんとなく伝わってくるものだ。発達年齢や本のテーマごとに丁寧に並べられたデフォーの本棚を眺めていても、児童書の奥深《おくぶか》い世界と田中さんの人柄《ひとがら》が見えてくる。

多くの人は児童書をいつか卒業する。絵本とは違う世界へ興味の翼《つばさ》を羽ばたかせる。家庭で死蔵されることなく、次の読者に手渡《てわた》すデフォーのような存在は本にとっても幸せかもしれない。

19

1人のための料理を インスタ映《ば》えしない味わい

富山市の中央《ちゅうおう》通り商店街から脇道《わきみち》に入ると、控《ひか》えめな明かりが浮《う》かび上がる。看板には小さく「冨久屋《ふくや》」と書かれている。入り口の階段を上ると、調理用の白衣に袖《そで》を通した大屋丈二《おおやじょうじ》さん（41）が包丁を握《にぎ》っている。

店構えだけでなく、料理の見た目も控えめだ。「インスタ映え」などと、ぱっと見の物珍《ものめずら》しさが求められる昨今にあって、料理に派手な装飾《そうしょく》や演出はない。「料理に集中してほしいから華美《かび》にしても仕方ない。口の中で感動してもらえたらいいのだから」

大屋さんの料理は繊細《せんさい》だ。用いる調味料は基本的に塩としょうゆだけ。例えば、お凌《しの》ぎのイクラを載《の》せたご飯は、しょうゆだけで味付けする。客として訪れた料理人でも「何を入れたらこうなるの」と首をひねるが、バランスを見極めれば豊かな味になる。

ただシンプルなだけではなく、驚《おどろ》きもある。秋のコースに組み入れた「甘鯛《あまだい》と松茸《まつたけ》の椀物《わんもの》」では、お椀の中にあるのは魚の切り身のみ。それでも口に入れた瞬間《しゅんかん》に、松茸のほんのりとした香りが広がる。目には見えないけれど、存在を確かに感じさせる。松茸はだしに使うだけ。甘鯛を支える裏方として表には出さない。「さりげなく存在しているのが美しいと思うんです」。引き算の美学と組み合わせの妙《みょう》を大切にする。

*

「また冷蔵庫のお肉を使っちゃったの？」

子どもの頃《ころ》の大屋さんは母の玲子《れいこ》さんにしばしばあきれられた。両親は共働きで、夏休みや土曜日には、自分で昼食を作った。母は予定が狂《くる》っても、残った材料でさらにおいしい夕食を作ってくれた。母の料理はなんでもおいしかった。２０１１年に56歳《さい》の若さで亡《な》くなったが、今でもその味をはっきりと覚えている。

大屋さんは東京で生まれ育った。富山で初めて暮らしたのは高校生から。富山市下夕林《したばやし》（大沢野《おおさわの》）出身で会社員だった父の良昭《よしあき》さん（72）が、地元への異動を志願して引《ひ》っ越《こ》した。父の故郷であっても、大屋さんにとっては違《ちが》う。級友の富山弁に戸《と》惑《まど》った。一秒でも早く東京に戻《もど》りたかった。

高校卒業後、都内の会社に就職した。機械部品の製作会社だったが、仕事になじめなかった。向き合うべきは機械ではない気がしていた。考え抜いた結果、挑戦《ちょうせん》したのが料理だった。数少ない外食経験を基に、近所で一番おいしいと思う創作和食の居酒屋でアルバイトを始めた。包丁なら小さい頃から握っている。なんとかなる自信があった。

皿洗いから始まり、調理がひと通りできるようになったところで、系列店のマネジメントを任されることになった。厨房《ちゅうぼう》の外に出ろと言われた。しかし、店員のシフト管理やオーダー取りは自分がやりたいことではないし、ようやく料理が楽しくなった時期だった。

気晴らしのため、友人と静岡に旅行した。夕食で初めて懐石《かいせき》料理店に訪れた。品良く盛られた先付けや、だしが香る炊《た》き合わせなど、一つ一つの料理に感激した。「こんなにおいしいものがあるなんて」と驚《おどろ》いた。ここで働きたいと願い出た。

居酒屋仕込《じこ》みの調理は認められなかった。食材の扱《あつか》い方や包丁の入れ方など全てにダメだしされ、勉強し直した。図書館に通い、料理本を借りられるだけ借りた。気になったのが、旬《しゅん》の食材をシンプルな味付けで調理する料理人、野崎洋光《のざきひろみつ》さんの本だった。

3年半ほどして、野崎さんの弟子《でし》が新店を東京で始めると聞いた。板前を募集《ぼしゅう》しているという。腕《うで》を磨《みが》こうと、大屋さんは手を挙げた。職人気質《かたぎ》で真面目な大将が作る料理には感嘆《かんたん》するばかりだった。素材の味を引き出すため、うまみや塩分を必要以上に重ねない。憧《あこが》れていた味だった。

一方で、求められる仕事のレベルも上がった。寝《ね》る時間も休日も以前の店と比べて極端《きょくたん》に減った。大将が来る前に下準備を全て終わらせないといけない。気を抜《ぬ》けば、怒鳴《どな》り声と鉄拳《てっけん》が飛んできた。土鍋《どなべ》を磨きすぎて、爪《つめ》も剥《は》がれた。「当時はそんなものだと思っていました。毎秒戦場でした」。やめようと思ったことは一度もない。料理が好きだったし、いつか自分の店を持つという野心があった。すぐに腕を買われ、板場で二番手となる煮方《にかた》を任された。司令塔《しれいとう》的な役割を果たす重要なポジションだった。

＊

東京で活躍《かつやく》し始めた頃、父の良昭さんが富山の実家を改装し、そば屋を開業しようとしていた。定年退職を機に趣味《しゅみ》だったそば打ちの腕前を生かしたいらしい。飲食業の経験から、素人《しろうと》の父の挑戦を不安に感じた。一方で、やりがいもありそうだった。父の店は交通の便が悪い。富山市内の中心地から車で30分以上要する。東京の真ん中で腕を競い合うのも、地方の辺ぴな場所で客を呼ぶのも、大変なのは変わらない。手伝うことを決めた。

そばを良昭さんが作り、夜の懐石《かいせき》を大屋さんが手掛《てが》けるという役割分担になった。「いつの間にか息子が来ることになっていて驚いた。ただお互《たが》いのいいとこ取りをできる気もした」と良昭さん。

そば屋の営業は、想定していた以上に苦しかった。昼はぽつぽつ客が入っても、夜は来ない。そんな状態が2年半続いた。大屋さんは唐揚《からあ》げといった居酒屋のような一品料理を出すことも考え、チラシも刷った。しかし、配る直前になって全て廃棄《はいき》した。

「作りたい料理じゃないし、舌が変わる」

とは言っても、客が来なければどうしようもない。タウン誌に広告を打ったが、予約の電話は鳴らなかった。悩《なや》んでいたところ、ある常連の男性客がアドバイスしてくれた。「一人一人のお客さんを大事にしなさい。来てくれた人それぞれが喜んでくれたら次につながるから」

うまいものを割安で作れば口コミで評判になる。常連客の言葉から、その可能性を探《さぐ》った。「口福御膳《こうふくごぜん》」と名付け、日替《ひが》わりのランチを提供し始めた。父の手打ちそばに、懐石《かいせき》のエッセンスを凝縮《ぎょうしゅく》した小鉢《こばち》や焼き物を添《そ》えた。そばはコストが高い。料理に使える材料費は限られるが、鯖寿司《さばずし》や季節の野菜の天ぷらなど、旬の素材を使った料理に工夫を凝《こ》らした。土日になると小さな行列ができ始めた。昼の客が夜にも来るようになった。そば屋のローンを完済し、今度は念願の自分の店を構えることにした。

＊

2015年に始めた自身の店は、口コミを頼《たよ》りに県外からも客が訪れる評判の店になった。現在、大屋さんと共に板場に立つ道田浩司《どうだこうじ》さん（46）も客として足を運んでいた。「お客さんに伝わるぎりぎりを狙《ねら》っていく繊細な味。難しいことをやっているなってびっくりしました。みんながみんなおいしいとは言わないかもしれない。でも、新鮮《しんせん》だし、料理人としては理想的な仕事でした」と言う。味にほれ込み、一緒《いっしょ》に働くことになった。

オープンの翌年、ミシュラン富山・石川版の一つ星に選ばれた。県内で星を獲得《かくとく》したのは10店のみで、歴史が最も浅いのは富久屋だった。喜んだ大屋さんは、一番に妻の江里子《えりこ》さん（43）に電話で知らせた。「うん」。最初の反応は素っ気なかった。「何かないの？　『お』から始まる言葉」。大屋さんは「おめでとう」を期待していた。しかし、返ってきたのは「おやすみ」の一言。祝福はなかった。妻は看護師で、その日は夜勤明けだった。

評価されても、メニューは磨き続けている。以前の締《し》めは、魚介《ぎょかい》の炊《た》き込みご飯だったが、最近はおにぎりに変えた。ただ南砺《なんと》市産の米を南部鉄器で炊《た》き上《あ》げる。具はない。米の甘《あま》みと、のりの香りだけでコースを幕引きする。「もっとシンプルなものでもいいよね。ぜいたくなものは飽《あ》きちゃう」という１人の常連客の声から行き着いた。「最初なら怒《おこ》られたかもしれないけど、今なら分かってもらえる」と自信をのぞかせる。地味なおにぎりはすっかり名物の一品になった。

たった１人を大切にする料理をこれからも作る。

（２０２０年11月１日掲載《けいさい》）

料理は科学と言う人がいる。火の通し方や調味料の使い方次第《しだい》で味も食感も変わる。料理は確かに生活に密着した科学実験かもしれない。

大屋さんは塩分濃度計《のうどけい》を使い、料理の味わいを日々確かめる。「休日明けの月曜日と、くたびれた金曜日では舌の感じ方が違う」と話す。自分の舌を絶対視しない姿勢が真摯《しんし》だ。

このコロナ禍《か》で大屋さんのお店も大きな打撃《だげき》を受けた。感染《かんせん》拡大に反比例するように、客足はまばらになった。外出自粛《じしゅく》期間中には店の営業を休み、弁当を売るなどしてしのいだ。

筆者も南砺市産の熊肉のすき焼き弁当を頂いた。冷めた弁当であっても、大屋さんならではの繊細な味わいは相変わらずだった。先行きが見通せず、陰鬱《いんうつ》な気分になりがちな時期だったが、弁当を平らげるとほっとした記憶《きおく》がある。料理は魔法《まほう》でもある。

20

片隅《かたすみ》を照らす言葉

離島《りとう》で生きる元新聞記者

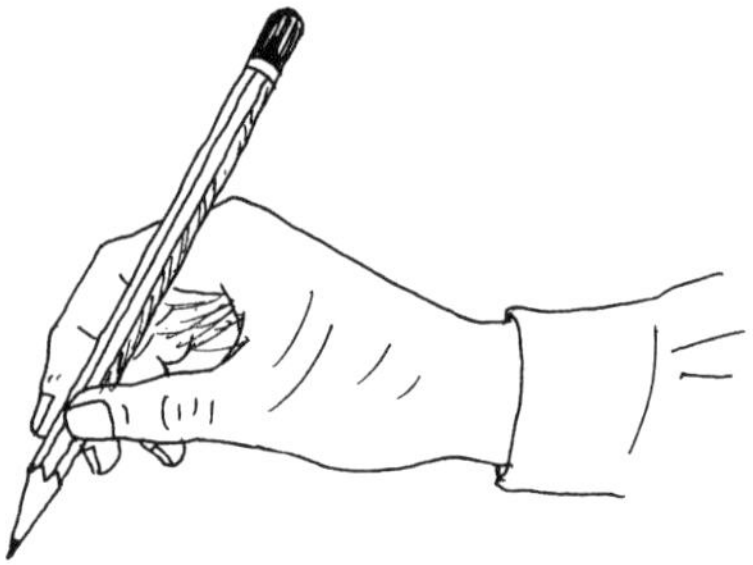

遠浅の海は空の色を吸《す》い込《こ》むように青い。島の先には島がある。透明《とうめい》な海は陸と陸を隔《へだ》てない。島同士をつなぐ。船が住民や旅行客を乗せて水上を行き交う。

長崎県は離島が国内で最も多い。全国の6852島のうち、長崎には14%を占《し》める971島がある。入善町《にゅうぜんまち》出身の竹内章《たけうちあきら》さん（46）はその中の五島列島《ごとうれっとう》の一つ、中通島《なかどおりじま》で暮らす。十字状の島はかつて潜伏《せんぷく》キリシタンの里だった。ショッピングセンターや映画館はないけれど、スーパーもパン屋もある。暮らすだけなら不自由はない。

2015年からこの島に移り住み、離島専門のニュースサイトや雑誌で、島で活躍《かつやく》する企業《きぎょう》や人々の暮らしを取り上げた記事を書く。「島にライターの仕事なんてない。もっと島らしいことをした方がいい」と助言してくれる人もいた。「島らしい仕事」というと、観光関係や特産品作りだろう。「でも、みんながそんな仕事に向いているわけじゃない。離島でも『書ける』って証明したかった」。車の運転中にはたびたび対向車に手を振《ふ》る。歩いていても声を掛《か》けられる。すっかり知り合いが増えた。

竹内さんは記者だった。二つの新聞社で記事を書いた。そして40歳《さい》で辞めた。

＊

母は読書家で家中に本があった。竹内さんも江戸川乱歩《えどがわらんぽ》の少年探偵《たんてい》シリーズや横溝正史《よこみぞせいし》の推理小説、藤沢周平《ふじさわしゅうへい》の時代小説を読んだ。好きな文章を見つけたらノートに書き写した。40代半ばになっても続く習慣だ。

大阪で過ごした学生時代に阪神《はんしん》・淡路大震災《あわじだいしんさい》が起こった。震災から1年後に神戸《こうべ》に遊びに行くと、仮設住宅が整然と建ち並んでいた。ある仮設住宅の前に花の鉢植《はちう》えがあった。モノクロの風景の中で花びらの色彩《しきさい》が鮮《あざ》やかだった。見とれていると住宅の主が出てきた。「仮設で暮らす人は落ち込んでいる。花で少しでも元気を出してもらいたい」と教えてくれた。聞けば富山出身だという。縁《えん》を感じて話し込んだ。帰り道で「社会の片隅《かたすみ》で目立たなくても頑張《がんば》っている人がいる。光を当てるにはどうすればいいか」とぼんやり考えた。待ち受けていた就職活動で目をつけたのが、記者の仕事だった。

大学を卒業した1998年は就職氷河期真っただ中だった。志望通りには内定を得られなかったが、工業界の動向を伝える専門紙の記者になれた。記者の仕事は面白かった。カーテンレールの販売数《はんばいすう》日本一、パトカーの回転灯のシェア国内最大……。個性あふれる企業に取材できた。「大企業相手に中小企業がどう生き残るか。経営者の考えを聞くのは勉強になった」と話す。

経験を積むと、書く舞台《ぶたい》を大きくしたくなった。入社から3年して別の新聞社に転職した。入ったのは中部地方や北陸、関東で新聞を発行する会社だった。最初は三重の支局に配属された。支局の記者を指揮するデスクはアメリカ帰りのエリートでくせ者だった。記事にも、仕事の姿勢にも厳しかった。「お前、経験者だろ。年内に1面か社会面にアタマを書けよ。できないなら、俺《おれ》はお前を使わない」と発破《はっぱ》をかけられた。

アタマは扱《あつか》いが最も大きな記事のこと。ニュース価値が高くないといけない。支局に配属されたのは9月で、年末まで猶予《ゆうよ》はない。日々の仕事をこなすだけでは、ふさわしいネタは探せない。毎日怒《おこ》られながら時間だけが過ぎた。竹内さんがなんとか町役場の不祥事《ふしょうじ》をキャッチすると、くせ者に見えたデスクが「新人が頑張った」と本社に売り込んでくれた。何度も直された記事は晴れて社会面を飾《かざ》った。もうすぐクリスマスになろうとしていた。

三重の次は地元の富山に転勤し、県政を担当した。慣れない行政や政党の取材のこつを他社の記者が教えてくれた。国政選挙の連載《れんさい》では「お前の選挙原稿《げんこう》はいい」と本社のデスクに褒《ほ》められた。他社の記者と競い合いながら、学んだ手法を生かした記事だった。書くことに自信を持った。

＊

その後転勤した関東では、大きな事件が当たり前のようにあった。疲労《ひろう》が重なり、顔面神経まひになった。埼玉の支局では現場での取材に加え、後輩《こうはい》の記者の原稿をチェックする仕事も加わった。年次が上がったせいか、上司の顔色をうかがわないといけない場面も増えた。「誰のために書いているんだろう。なぜ記者になったのか」と自問自答するようになった。「社会の片隅に光を当てる」という志を見失っている気がした。そんな時、妻の紗苗《さなえ》さん（36）から「会社を辞めたい」と相談を受けた。

紗苗さんは同じ会社の後輩記者だった。東日本大震災で避難《ひなん》した住民の取材に熱心だった。風評に基づき、被災者《ひさいしゃ》を差別視する人が少なからずいる。そんな世の中を変える記事を書こうとしていた。しかし、東京本社に異動し、担当が芸能関係になった。責任ある仕事も任されたが、世の中に問題提起するような記事を書く機会は少なくなった。「『伝えたい』と思って取材することが減りました」と紗苗さん。

夫婦で会社員生活に疑問を感じ始めていた。竹内さんは提案した。「会社を辞めて、どこか地方に移り住んでのんびりしよう」

のんびりとは言っても仕事はあった方がいい。地方に一定期間移り住み、地域活性化に取り組む「地域おこし協力隊」の制度を利用することにした。募集《ぼしゅう》していたのが、中通島がある新上五島町《しんかみごとうちょう》という自治体だった。面接で応対してくれた当時の副町長が2人を気に入ってくれた。「ぜひ一緒《いっしょ》に島を盛り上げてほしい」と誘《さそ》ってくれた。他の自治体でも面接を受けていたが、どこよりも熱心だった。

面接を終え、夫婦で島を歩いた。どこからでもきらきらと光る海が見えた。島中に穏《おだ》やかな時間が流れていた。竹内さんの関心を引いたのは文化と歴史だった。弾圧《だんあつ》されたキリシタンを受け入れてきた島には、教会が点在していた。人々が当たり前のように教会に通う姿を目にした。信仰《しんこう》が生活に根差していた。新しい世界に触《ふ》れた気がした。この島で暮らす人はどんな人だろうかと興味を持った。

紗苗さんには「一生の新婚《しんこん》旅行にしようよ」と言った。お金の不安はあったけど、がむしゃらにやればどうにかなる。紗苗さんは「夫が平気そうだったので、不安よりも期待が大きかったです」と振り返る。

＊

竹内さんは協力隊として、町のPRイベントの企画に携《たずさ》わった。任期が終われば、島で塩作りでもしようと考えていた。書く仕事は記者時代に十分やった。離《はな》れるのも悪くないと思った。

それでも経験を買われ、町で活躍する人を紹介《しょうかい》する広報紙の編集も担当していた。ある号で、島にUターンした60代の男性を取り上げた。貧しい子ども時代に近所の人たちに親切にしてもらったというエピソードを聞き出し、記事に盛り込んだ。広報紙を読んだ男性は涙《なみだ》を流して感動してくれた。その姿に触れ「やっぱり自分には文章しかないんだな」と思った。

3年の協力隊の活動を経て、妻は島の郷土菓子《がし》を作る小さな工房《こうぼう》を住民と運営することになった。竹内さんはライターとして独立した。記者時代に培《つちか》った技術を生かし、硬《かた》い話題も軟《やわ》らかく書ける竹内さんは重宝された。書く仕事の幅《はば》を広げ、店舗《てんぽ》や企業にプレスリリースの書き方を指導するコンサルティングも始めた。商品のキャッチコピーを頼《たの》まれることまである。

製塩業を夫婦で営み、コピー制作を依頼《いらい》した川口秀太《かわぐちしゅうた》さん（39）は竹内さんの真摯《しんし》な姿勢に驚《おどろ》いた。綿密に夫婦を取材し、何十個もコピーを考えてきてくれた。その一つ一つに込めた思いを丁寧《ていねい》に説明してくれた。「章さんは頼んだこと以上のことをやってくれる。最初は『都会から来た人』だと思ったけど、すっかり信頼《しんらい》しました」と笑う。

竹内さんは文章教室、本の執筆《しっぴつ》の手伝い、写真撮影《さつえい》など、独立してから半年ごとに新しいことに挑戦《ちょうせん》している。「結局どれも記者の仕事と地続きなんだよね。場所が離島になっただけ」。地図を広げれば、島は日本の片隅にある。人口減少は止まらないが、それでも2万人が暮らす。その夢を言葉の力で応援《おうえん》する。

（2020年12月1日掲載《けいさい》）

竹内さんと初めて会ったのは、雪山の中だった。冬山登山の第1陣《じん》が剱岳《つるぎだけ》へ出発する様子を一緒に取材した記憶《きおく》がある。その後、何度か現場で一緒になった。

富山から遠く離れた温暖な離島で竹内さん自身を取材することになるとは夢にも思わなかった。ひさしぶりに会ったら「今も締《し》め切《き》りは嫌《いや》だけど、記者時代は夕刊と朝刊で毎日2回もあったなんて信じられない」と笑っていた。

五島列島を含《ふく》む地域は2018年に「長崎と天草《あまくさ》地方の潜伏キリシタン関連遺産」として世界文化遺産に登録された。島のあちこちに教会が点在する。山の中にも、崖《がけ》の近くにもある。禁教令が出る前から島には住民がおり、潜伏キリシタンが暮らせる場所は限られていたからだ。そんな歴史を美しい自然が包《つつ》み込《こ》む。何度でも訪れたい奥深い魅力《みりょく》がある。

あとがき

『虹《にじ》』は、富山の土地に深い縁《えん》を持つ人々が人生を通じて紡《つむ》いでいる物語です。２００９年5月にスタートし、毎月1日付の北日本新聞で1ページを使って掲載《けいさい》しています。10年以上続いているという息の長い企画《きかく》です。富山で暮らしたり、旅をしたりした方なら、この主人公たちとどこかですれ違っているかもしれません。快く取材に応じていただいた皆《みな》さまには、この場を借りてお礼を申し上げます。

20話ごとに1冊にまとめており、本書は7巻目になります。シングルマザーの支援《しえん》に奔走《ほうそう》する女性、祖父母から受け継《つ》いだ味を守るみそ店、亡くなった友への思いを番組に託《たく》したラジオディレクター、舞台に情熱を傾《かたむ》ける2人の若い演劇人、離島《りとう》に根差す元新聞記者……。虹の七色のように多彩《たさい》な人生が織りなすヒューマンストーリーを収めています。各編の終わりには、新聞掲載時に書き切れなかったエピソードや、掲載後の展開などもつづりました。新型コロナウイルスの感染拡大という未曽有《みぞう》の事態の影響《えいきょう》もにじんでいます。コロナの災禍《さいか》が一刻も早く終息することを願うばかりです。

さて、この企画は紙面協賛していただいている大谷製鉄《おおたにせいてつ》株式会社（射水《いみず》市《し》）の「朝刊を広げた時、温かな気持ちになるページをつくってほしい」という提案で始まりました。新聞は時に悲しいニュースも掲載するのが宿命ですが、この『虹』に登場する人物たちは、読者を明るく勇気づけてくれるのではないでしょうか。

同社から、内容についての細かな注文は一切頂いておりません。担当者が自由にテーマを見つけて書いています。同社の志と寛大《かんだい》さに深く感謝いたします。

本書の記事は全て、北日本新聞社制作部の田尻秀幸《たじりひでゆき》が執筆《しっぴつ》しました。文中に登場していただいた方の肩書《かたがき》きや年齢《ねんれい》は、掲載時のままとしております。これまでと同様、富山県内の小学校から大学、公立図書館に贈呈《ぞうてい》させていただきました。本書が1人でも多くの方の手に届けば幸いです。

北日本新聞社営業局長　沢井一哉《さわいかずや》

「虹」は、2009年5月から毎月1日付の北日本新聞朝刊で
連載しています。新書版第7集となる本書には、
2019年5月から2020年12月までの20回分を収載しています。
発行にあたり、本文を一部、加筆修正しました。

虹《にじ》 7

2021年4月10日発行

取材執筆　田尻秀幸（北日本新聞社制作部）
協　　力　大谷製鉄株式会社
発 行 者　駒澤信雄
発 行 所　北日本新聞社
〒930-0094　富山市安住町2番14号
電 話　076(445)3352（出版部）
FAX　076(445)3591
振替口座　00780－6－450

編集制作　(株)北日本新聞開発センター
装丁挿絵　山口久美子（アイアンオー）
印 刷 所　(株)シナノパブリッシングプレス

ISBN 978-4-86175-115-8